KB093460

O'THELLO

셰익스피어 4대 비극

오셀로

—

윌리엄 셰익스피어 지음
이태주 옮김

WILLIAM
SHAKE
SPEARE

푸른생각

오셀로

초판 1쇄 인쇄 · 2022년 1월 25일
초판 1쇄 발행 · 2022년 2월 5일

지은이 · 윌리엄 셰익스피어
옮긴이 · 이태주
펴낸이 · 김화정
펴낸곳 · 푸른생각

편집 · 지순이 | 교정 · 김수란, 노현정 | 마케팅 · 한정규
등록 · 제310-2004-00019호
주소 · 서울시 마포구 토정로 222 한국출판콘텐츠 402호
대표전화 · 02) 2268-8707
이메일 · prun21c@hanmail.net / prunsasang@naver.com
홈페이지 · http://www.prun21c.com

ⓒ 이태주, 2022

ISBN 979-11-92149-08-0   03840
값 18,000원

셰익스피어의 비극 세계는 선과 악이 혈투를 벌이는 무대입니다. 햄릿은 클로디어스와 대결합니다. 리어 왕은 고네릴과 리건과 대결합니다. 에드거는 에드먼드와 대결합니다. 이아고는 오셀로와 대결합니다. 맥베스는 덩컨 스코틀랜드 왕과 대결합니다. 코델리아는 왜 죽어야 합니까. 데스데모나는 왜 죽어야 합니까? 리어 왕, 햄릿, 오셀로, 덩컨은 왜 그렇게 죽어야 합니까? 글로스터 백작은 왜 두 눈을 빼앗겼습니까? 거트루드는 왜 독약을 마셔야 했습니까? 싸움은 끝나지 않습니다. 전쟁은 계속됩니다. 선은 악이 제압하고, 악은 자멸합니다. 세상은 말세의 혼란이요 황무지입니다. 셰익스피어는 이런 문명의 황야 속에서 펜을 들었습니다. 그는 역사와 대결합니다. 그는 악의 근절을 위해, 평화와 질서를 위해 싸웁니다. 그의 작품은 악에 대한 저항의 선언이요, 절실한 기도요 통곡입니다.

비극을 읽고 참담했을 때 아리스토텔레스는 위안이 되었습니다. 비극이 주는 정화작용, 카타르시스(Katharsis) 때문입니다. 비극은 인간의 마음에 건강한 효과를 미친다는 것입니다. "연민과 공포를 통해 감정을 정화시킨다"는 것입니다. 병적인 정서는 다분히 주관적이고, 개인적이며, 자기중심적인 요소가 됩니다. 우리는 비극을 통해 비극적 인물과 그 상황에 동화되면서 자기중심적인 몰입에서 차츰 벗어나 '외부'로 자신의 존재가 확산되는 것을 알게 됩니다. 동정(同情)을 통한 영혼의 확대는 심리적이며 도덕적인 건강에 이롭게 작용합니다. 비극이 인간 생활에서 일어날 수밖에 없는 불가피성을 비극의 수용자는 인식하게 되고, 우리의 통찰력은 고통을 극복하고 얻어지는 조화로운 정신적 안정을 모색하게 됩니다. 이 때 도달되는 정화작용을 통해 정신은 새로운 삶의 인식에 도달합니다. 비극작품은 행동의 모방을 통해 동화작용을 일으키면서 개인의 영역을 벗어난 보편성(universality)을 얻게 됩니다. 비극작품은 질서와 조화의 가능성과 필요성을 역설하는 수단이 됩니다. 아리스토텔레스는 그의『시학(Poetics)』을 통해 이 같은 요지의 견해를 피력했습니다.

세상에서 가장 많이 읽히는 책은 성서와 셰익스피어 작품이라고 합니다. 성서는 하느님의 메시지입니다. 셰익스피어 작품은 인간에 관한 기록입니다. 셰익스피어 작품에는 성서에 관한 수많은 인용이 있습니다. 성서 속에 셰익스피어가 있고, 셰익스피어 속에 성서가 있습니다. 당시 셰익스피어는 제네바 판 성서를 읽었습니다. 엘리자베스 시대는 르네상스 문화 속에 있었지만, 여전히 중세는 짙게 남아 있었습니다. 그 가운데서도 종교입니다. 국민들은 매주 의무적으로 교회에 가서 성경을 읽었습니다. 교회에 모습이 보이지 않으면 우범자로 낙인 찍혔습니다. 의무적으로 교회에 가는 것도 아닙니다. 교회에 가서 기도를 올리지 않으면 안 되는 세상이었습니다. 기근과 전염병이 시도 때도 없이 발생했습니다. 종교적 갈등과 반목이 심화되었습니다. 사람들이 체포되어 투옥되고 고문당하고 처형되었습니다. 런던 다리 난간에는 대역 죄인의 시체가 수시로 걸려 있었습니다. 엘리자베스 시대 영국은 태평천하를 외쳤지만 외세의 침략과 반란은 국민적 불안의 요인이었습니다.

셰익스피어는 어릴 적부터 어머니로부터 성서를 배우고, 문법학교에서 성서를 이수했습니다. 매주 교회에 참례하면서 그의 머리는 성서로 가득 찼습니다. 그의 작품에 성경 구절이 광범위하게 깔리는 이유입니다. 비극작품 시대가 끝나고 마지막으로 발표한 작품이 〈템페스트〉입니다. 이 작품은 인생에 대한 셰익스피어의 고별사입니다. 원수들이 탄 배를 마술로 난파시켜 자신의 동굴 앞에 일행들을 끌고 와서 복수를 하려는 순간 프로스페로는 연민의 정을 느껴 자신을 파멸시킨 원수를 용서했습니다. 그때의 그의 대사입니다.

> 이자들의 극심한 악행은 뼈에 사무치고 치가 떨리지만
> 고귀한 이성의 힘으로 분노의 정을 억제하자.
> 용서하는 미덕은 복수보다
> 더 거룩한 행위가 된다.

용서하고, 기도하는 기나긴 생의 과정을 셰익스피어와 그의 시대는 되풀이하고 있었습니다. 그의 작품 37편은 그런 과정을 품고 있는 다양한 인간의 기록입니다. 프랑스의 소설가이며 문화부장관을 지낸 앙드레 말로는 말했습니다. "신이 나에게 인간이란 무엇인가라고 묻는다면, 나는

루브르 박물관을 보여주겠다." 그렇습니다. 수많은 그림도, 셰익스피어의 작품도 인간이 살아오고 살아가는 생생하고 피눈물 나는 생생한 기록입니다. 셰익스피어의 비극은 복수극입니다. 그 대표적인 작품이 〈햄릿〉입니다. 햄릿은 복수의 길에서 용서의 길로 마음의 행로를 바꿉니다. 코델리아는 자신을 버린 리어 왕을 용서합니다. 포샤는 법정에서 유대인 고리대금업자 샤일록에게 자비심을 베풀고 용서하라고 강권합니다. 〈심벨린〉에서 이모진의 부친 심벨린은 "모든 사람을 용서한다"고 선언합니다. 〈겨울 이야기〉에서 레온티즈는 질투심에 눈이 멀어 온갖 복수극을 자행하지만 그의 아내와 딸은 자비심을 베풀어 그를 용서합니다. 이 같은 용서의 덕행이 절정에 도달한 작품이 〈템페스트〉입니다. "원수를 사랑하라"는 기독교의 이웃사랑은 용서하는 행동에서 시작됩니다. 누가복음은 전하고 있습니다. "하느님 아버지시여, 이자들을 용서해주십시오. 그들은 자신들이 무슨 일을 하고 있는지 모르고 있습니다." 셰익스피어 작품에는 허다한 용서의 장면이 펼쳐지고 있습니다.

셰익스피어는 전성기를 지나면서 자신의 인생, 자신의 작품을 회고합니다. 맥베스에서 그는 인생에 대한 체념을 전달하고 있습니다. "인생은 바보들의 넋두리요, 온갖 소리와 분노로 가득하지만 아무런 의미도 없다." 리어 왕은 비극의 근원을 건드립니다. "인간은 울면서 이 세상에 태어났다. 알고 있는가. 처음으로 공기를 들이마실 때, 우리는 고통 속에서 울며불며 아우성쳤다." 충신 켄트는 리어 왕의 참극을 보면서 울부짖었습니다. "이것이 세상의 종말인가?" 셰익스피어는 햄릿을 통해 실토합니다. "우리들 인간은 모두가 죄인이다. 누구 하나 믿을 사람이 없다." 이 말은 사도 바울이 로마인의 편지 속에서 언급했던 내용 그대로입니다. 셰익스피어는 자신의 인생관을 정리하면서 〈템페스트〉를 들고 런던에 작별을 고하면서 이 작품의 주인공 프로스페로가 되었습니다. 이 작품에서 전달한 셰익스피어의 고별사는 다음과 같습니다.

이제 여흥은 끝났다. 지금까지 연기를 했던 배우들은
이미 말했던 것처럼 모두 요정들이다.
대기 속으로, 아련한 공기 속으로 녹아 들어갔다.
환상 속의 가공의 현상처럼
구름에 닿는 마천루도, 화려한 궁전도
장엄한 사원도, 거대한 지구 자체도
지상에 있는 모든 것은 결국 녹아들어
지금 사라진 환영처럼 그 자리에는
아무런 흔적도 없이 사라진다.
우리 인간은
꿈같은 실타래로 짜여지고 있다네.
하염없는 인생을 꾸미는 것은 잠이다.

기도와 자비심과 용서는 셰익스피어가 작품에서 남긴 유언의 '키워드'입니다. 셰익스피어 비극의 끝머리는 항상 그렇게 마무리되었습니다. 셰익스피어는 〈햄릿〉, 〈리어 왕〉, 〈오셀로〉, 〈맥베스〉 등 비극의 주인공들이 겪은 환멸과 절망 너머로 인간의 가능성과 희망을 보았습니다. 그의 비극을 읽는 희열과 행복은 바로 이것입니다.

2021년 12월
옮긴이 이태주

오셀로

등장인물

오셀로_ 베니스 정부에 봉직 중인 무어인 장군
브러밴쇼_ 베니스 원로원 의원. 데스데모나의 아버지
캐시오_ 오셀로의 부관
이아고_ 오셀로의 기수
로더리고_ 베니스의 신사
베니스의 공작
기타 원로원 의원
몬타노_ 키프로스의 전 총독
그레이샤노_ 브러밴쇼의 아우
로도비코_ 브러밴쇼의 친척
어릿광대_ 오셀로의 하인
데스데모나_ 브러밴쇼의 딸, 오셀로의 아내
에밀리아_ 이아고의 아내
비앙카_ 캐시오의 정부
그 밖에_ 해병, 전령, 전령관, 관리들, 신사들, 악사들, 그리고 시종들

장소

베니스(제1막)와 키프로스섬(제2~5막)

제1막

제1장 베니스의 거리

이아고와 로더리고 등장.

로더리고 쳇, 말도 꺼내지 마라. 도시 못마땅한 얘기야. 내 돈줄에 목을 매달 땐 언제고, 이제 와서 네놈이 이 사실을 모르고 있었다니.

이아고 글쎄, 내 말을 끝까지 듣지 않는군요! 나는요, 정말이지 그 사실을 전혀 모르고 있었다고요.

로더리고 너는 그놈을 경멸한다고 그랬겠다?

이아고 이가 갈리죠. 장안의 저명인사 세 분이 모자까지 벗어가면서 굽실거리며 나를 그 녀석의 부관으로 삼아달라고 청했답니다. 사실은 나도 그만한 자격쯤은 있다고요. 그런데 그 녀석이 잘난 척 자기 고집대로만 하고 건방지게 군대용어만 잔뜩 늘어놓으며 엉뚱한 주접만 떨더니 꽁무니를 뺐단 말씀이에요. 결국 부탁하러 간 사람들의 요청을 '실은 부관 인선이 벌써 결정됐습니다' 하고 그냥 깔아뭉개더래요. 그 부관이란 자가 누군 줄 아세요? 글쎄, 입버릇처럼 전술의 대가인 척하는 플로렌스 태생 마이클 캐시오랍니다. 계집 잘못 얻어 혼깨나 나고 있지요. 싸움터에 나가 변변히 지휘 한번 해본 적 없는 위인입니다. 전투 대열에 대해서도 깜깜무식인 작자죠. 실 뽑는 직공도 그만큼은 알 거예요. 도

풋자락을 늘어뜨린 관리들처럼 입만 살아서 밤낮 탁상공론뿐입죠. 실천력은 없이 재잘거리기만 하는 주제에, 그래도 군인입네 하고 있지요. 그런데 말씀입니다, 그따위 놈이 승진을 하는데, 로도스섬과 키프로스섬 그리고 기독교국이건 이교국이건 사방팔방에서 무공을 세운 이놈은, 장군도 잘 알 테지만, 팔자 사납게도 계산 빠른 그놈 그늘 밑에서 웅크리고 지내야 한단 말입니다. 그놈은 재수 좋게 부관으로 껑충 뛰어올랐는데, 나 이아고는 그 검둥이 무어인의 기수라니! 아, 맙소사!

로더리고 아아, 나는 그 녀석의 목이라도 치고 싶어.

이아고 할 수 없죠. 아무리 열심히 일해도 이런 저주만 돌아와, 출세는 숫제 소개장과 정실로만 결판나니. 글쎄 차례대로 첫째 다음이 둘째라는 건 옛날 얘기죠. 어디, 판단 좀 해주쇼. 이 꼴을 당하고도 그 무어 놈한테 충성을 바쳐야 합니까?

로더리고 나 같으면 그까짓 녀석 안 따르겠어.

이아고 하지만 걱정 마세요, 다 속셈이 있어 따라다닌답니다. 세상 모든 사람들이 다 주인 노릇을 할 수도 없거니와, 또 주인 노릇을 한다고 해서 하인 놈들이 죄다 충성을 바치는 것도 아니거든요. 하기야 이 세상엔 굽실대며 평생 충성을 바치는 하인들도 좌악 깔렸지요. 그 녀석들은 멍에를 지고 주인집 당나귀 꼴이 되어 죽은 듯이 혹사당하면서도 그저 넙죽넙죽 주는 대로 받아먹다가, 늙어 비틀어지면 내쫓기죠! 그따위 고지식한 바보 자식들은 늘씬하게 때려주고 싶어요. 이와 반대로, 겉으로는 충성하는 척하지만 속으로는 자기 속셈을 차리는 자들도 있지요. 주인 양반들에게 보라는 듯이 봉사를 하면서도 빨아먹을 것은 몽땅 빨아먹고, 주머니가 두둑해지면 주인 언제 봤더냐는 식이죠. 요런 작자들은 제법 줏대가 있는 자들이에요. 나도 이런 사람들 중의 한 사람이라고 말하고 싶군요. 당신이 로더리고인 것이 확실한 것처럼, 내가 무어인이라면 절대로 이아고가 될 수 없겠죠. 무어인을 주인으로 모시고 있긴 하지만, 실은 나 자신을 위해서 더 그러는 거랍니다. 하느님도 다 알고 계시지요. 내가 뭐 존경심과 의무감에서 그 녀석을 떠받드는 줄 아세요? 겉으로는 그러는 척하지만, 속으로는 다른 꿍꿍이속이 있는 겁니다. 자랑 삼아 흉중의 야망을 노출시켰다가는, 소매 위에 심장을 드러내 놓고 비둘기더러 쪼아먹으라는 꼴이 되고 말죠. 나는 겉보기와는 다르다 이 말씀이에요.

로더리고   그의 뜻대로만 된다면 그 입술 두꺼운 놈 운수대통이겠구나!

이아고   그녀의 아버지를 부르세요. 한창 재미볼 때 산통을 깨놓자구요. 길 한복판에서 떠들어대는 거예요. 그녀의 친척들을 들쑤셔놓고, 그 녀석이 사뭇 기분 내고 있을 때, 파리 떼를 몰아들여서 귀찮게 하는 겁니다. 그래도 줄창 기분을 돋우려 하면 어떻게든 속을 썩여서 흥을 깨놔야 합니다.

로더리고   여기가 그녀 아버지의 집이군. 큰 소리로 불러봐야겠다.

이아고   그래, 겁에 질린 목소리로 부르세요. 무섭고도 큰 소리로 말이외다. 마치 한밤중에 부주의로 번화가에서 화재가 난 것처럼 소리를 질러대는 거예요.

로더리고   여보세요! 브러밴쇼 님! 브러밴쇼 나리, 여보세요!

이아고   일어나세요! 여보세요, 브러밴쇼! 도둑이야, 도둑! 집안을 단속하시오! 따님을 조심하시오! 돈궤를 조심하시오! 도둑이야, 도둑!

    브러밴쇼, 이층 창문가에 나타난다.

브러밴쇼   이 해괴한 호출이 웬일인고! 게 무슨 일이냐?

로더리고   나리, 온 가족이 무사하십니까?

이아고   문은 잘 잠그셨습니까?

브러밴쇼   그건 또 왜 묻는 거냐?

이아고   큰일 났습니다. 도둑이 들었어요. 망측한 일입니다. 가운을 걸치세요, 심장이 터질 일이에요. 나리는 영혼의 반을 이미 상실하셨습니다. 지금 이 순간, 바로 지금 늙고 검은 숫양이 어른 댁 흰 암양을 올라타고 있습니다. 일어나세요, 일어나세요. 종을 울려서 잠든 식구들을 깨우세요. 그렇잖으면, 악마가 나리께 외손자를 보게 할 테니까요. 자아, 일어들 나세요!

브러밴쇼   뭐, 너 정신 나갔느냐?

로더리고   가장 존경하옵는 나리, 제 목소리를 기억하십니까?

브러밴쇼   모르겠다. 넌 누구냐?

로더리고   로더리고올시다.

브러밴쇼   듣고 보니 괘씸하구나. 내 집 문 앞에서 얼씬거리지 말라고 했지? 딸을 줄 수 없다는 내 얘기를 똑똑히 들었을 텐데, 또 밥이다 술이다 잔뜩 처먹고는 미친놈들처럼 법석을 떨어내 단잠을 깨우는구나.

로더리고   저, 저, 저…….

브러밴쇼 마음만 내키면 내 지위와 위신으로써 네놈을 혼내줄 수도 있다는 것쯤은 너도 알고 있겠지?

로더리고 진정하십쇼.

브러밴쇼 도둑이라니, 무슨 도둑이냐? 여기는 베니스다. 내 집은 들판의 외딴 집이 아니야.

로더리고 지극히 용감하신 브러밴쇼 님, 저는 단지 순수한 마음으로 알려드리러 왔을 뿐입니다.

이아고 원, 나리도. 하느님을 섬기다가, 악마의 명령이라고 해서 하느님을 저버릴 분이시군. 저희들은 나리 일로 왔습니다. 그런데 나리께서는 저희들을 불한당 취급하시는군요. 그 사이에 바르바리산(産) 말이 따님을 덮치고 있단 말이에요. 조금 있으면 손자 말이 힝힝거리고, 경주마인 증손 말이 뜀박질하며, 조랑말 친척들이 우글거리게 될 겁니다.

브러밴쇼 요 더러운 녀석, 넌 누구냐?

이아고 전, 댁의 따님과 무어인이, 몸은 하난데 등이 두 개인 짐승을 만들고 있다는 사실을 알리러 온 사람일 뿐입니다.

브러밴쇼 너는 악당이로구나.

이아고 나리는 원로원 의원이시죠?

브러밴쇼 이 책임은 네놈 로더리고에게 있다. 로더리고, 난 널 알고 있어.

로더리고 무엇이든 제가 책임을 지겠습니다. 그러나 한 가지 묻고 싶습니다. 이 일은 각하의 뜻인가요? 아니면, 심사숙고한 끝에 동의하신 건가요? 만약 나리께서, 어여쁜 따님이 이 고요한 밤중에 시중꾼이라고는 어설프게도 곤돌라의 뱃사공 하나밖에 없는 곳에서 음탕한 무어 놈의 지겨운 팔에 안겨 있음을 이미 알고 계신 다면, 저희들은 주제넘은 행동을 한 것입니다. 그러나 모르고 계 신다면 저희들을 야단치셔서는 안 됩니다. 저희들이 예의범절도 없이 나리를 조롱하려 드는 것이라고는 생각지 말아주십시오. 따님께서 각하의 허락도 없이 외출했다면, 거듭 말씀드립니다만 엄청난 불효입죠. 따님께서는 자신의 의무도, 미모도, 지혜도, 행운까지도 몽땅 정처 없이 떠돌아다니는 외국 놈한테 갖다 바 쳤습니다. 곧 조사해보십시오. 만약 지금 따님께서 방 안에 계시 다거나 집 안에 계신다면, 제가 거짓말로 나리를 속인 결과가 되 겠으니 저를 국법에 의하여 처단해주십시오.

브러밴쇼 여봐라! 불을 켜라, 촛불을 갖고 오너라. 집안 사람들을 모두 깨워라! 꿈자리가 어수선하더라니, 아닌 게 아니라 내 가슴이 조 이는 게 어쩐지 정말 같은데. 불을 켜라, 불을! (이층에서 퇴장)

이아고 안녕히 계십쇼. 저는 물러가겠습니다. 그 무어 놈과 원수가 되면 내 입장으로서도 좋을 게 없거든요. 여기 남아 있다간 틀림없이 그렇게 되고 말죠. 이런 일로 아무리 그놈을 골탕 먹이려 해도 정부는 마음 놓고 그놈의 모가지를 자르진 못해요. 지금 한탕 벌 어지고 있는 키프로스 전쟁에 그 녀석 말고 그런 중책을 맡아 섬 으로 떠날 만한 사람이 없기 때문이죠. 그러니, 지옥의 귀신만큼 이나 미운 놈이긴 해도 이 세상 살아가려면 어쩔 수 없는 일. 깃 발 내걸고 충성을 보여야죠, 비록 겉치레 뿐이긴 하지만요. 꼭 그놈을 잡고 싶거든 사람들을 모아서 세지터리 여관으로 가보세 요. 나도 갈 테니, 그곳서 합류합시다. 안녕히. (퇴장)

아래층에서 잠옷 바람의 브러밴쇼가 하인들과 함께 횃불을 들고 등장.

브러밴쇼   이거 정말 큰일났군. 딸년이 확실히 없어졌어. 앞으로 초라한 여생을 비참하게 지내야 할 것 같군. 여보게 로더리고, 우리 딸을 어디서 봤는가? 오, 불쌍한 아이! 자네, 그 애가 무어인과 함께 있다고 말했겠다? 이런 꼴을 볼 바에야 누가 아비 노릇을 하겠는가? 그것이 우리 딸이라는 것을 자네는 어떻게 알았는가? 그 애가 나를 속이다니, 도저히 생각할 수 없는 일이로군! 그 애가 뭐라고 말하던가? 촛불을 더 갖고 오너라. 친척들을 몽땅 깨워라. 그들이 이미 결혼식을 올렸을 것 같은가?

로더리고   틀림없이 그랬을 겁니다.

브러밴쇼   저런! 그런데 대체 어떻게 빠져나갔을까? 아, 가족을 배반하다니! 이 세상 아비들이여, 앞으로는 딸의 행동만으로 딸애의 마음을 속단하지 마시오. 젊은 딸애의 마음을 홀리는 마약이라도 있는 게 아닐까? 로더리고, 그런 얘기를 들은 적 있느냐?

로더리고   예, 들은 적이 있습니다.

브러밴쇼   내 아우를 깨워라. 차라리 자네가 우리 딸애를 데려갔으면 좋았을 텐데! 한패는 이쪽으로, 한패는 저쪽으로. 어디로 가면 딸애와 무어인을 잡을 수 있을까?

로더리고   기운 센 호위병을 거느리고 저와 함께 동행하시면 제가 무어인을 찾을 수 있을 듯합니다.

브러밴쇼   부탁하네, 제발 안내해주게. 한 집 한 집 철저히 뒤지세. 내 명령을 거역하진 못할 거야. 가서 무기를 갖고 오너라! 야경원을

깨워라. 가세, 로더리고. 사례는 두둑히 하겠네. (퇴장)

제2장 세지터리 여관 앞

오셀로, 이아고, 횃불을 든 수행원들 등장.

이아고   전쟁터에서야 저도 사람들을 많이 죽여봤습죠. 그러나 계획적으로 살인을 꾸민다는 건 도저히 양심이 허락하지 않는 일입니다. 저 자신을 위한 일인 줄 뻔히 알면서도 마음이 약해서 늘 손해를 보죠. 여남은 번이나 로더리고 놈의 갈빗대를 우지끈 부러뜨려 놓고 싶은 생각이 간절했습니다만 꾹 참았죠.

오셀로   참기를 잘했네.

이아고   안 될 말씀입니다. 그놈이 각하의 명예를 더럽히는 험담을 얼마나 지껄이고 다니는데요. 전들 어디 신처럼 완전합니까? 참아내는 데 골병들었습니다요. 그런데 각하, 결혼식은 이미 올리셨습죠? 하지만 의원님께서는 인망이 두텁고, 거기다 세력에 있어서는 실상 공작님 다음가라면 서러워할 만큼, 오히려 공작님보다 두 배나 세다던데요. 그러니 그분이 결혼을 무효화시키든지, 아니면 있는 권력을 총동원해서 국법 안에서 각하를 괴롭히며 고생시킬 것이 뻔한 일입니다.

오셀로   실컷 심통을 부려보라지. 내가 이 나라 정부에 기여한 공로 앞에서는 그 양반의 고소 따위는 무력할 것이다. 아직까지 이런 얘기를 한 적은 없지만, 내 명예를 위해 손에 넣은 행복쯤은 당연히 요구할 만한 권리가 있다고 생각해. 여보게나, 이아고, 나는 다만 아름다운 데스데모나를 사랑할 뿐이야. 무엇 하러 편안하고 자유로운 이 생활을 답답한 가정 속에 가둬두겠나? 바닷속의 무한한 보물을 준다 한들 내가 이 생활과 바꿀 줄 아는가? 아니, 저 불빛은 뭔가?

이아고 잠을 깬 그녀의 아버지와 친척들이 몰려오나 봅니다. 장군님은 숨는 것이 좋을 것 같습니다.

오셀로 싫다. 당당히 만나련다. 나의 무공과 나의 신분과 나의 결백한 정신, 무엇으로 보나 나는 떳떳하게 행세하겠다. 그들이냐?

이아고 아닌가 봅니다.

　캐시오가 횃불을 든 관리들과 함께 등장.

오셀로 공작님의 부하와 나의 부관이 함께 이 한밤중에 웬일로! 제관들, 무슨 일이 일어났소?

캐시오 장군, 공작님의 분부이옵니다. 즉시 등청해주십사 하신답니다.

오셀로 무슨 일인가?

캐시오 키프로스섬에서 무슨 보고가 있는 듯합니다. 매우 화급한 일인 듯싶습니다. 함대로부터 전령이 열 명 남짓 계속 오더니, 이 한밤중에 또 다른 전령이 도착했습니다. 의원들도 대부분 기상하셔서 공작님 댁에 벌써 모여 회의 중이십니다. 장군께도 긴급 소집령이 하달되었습니다만 숙소에 안 계시기에 세 개 조로 나뉘어서 장군을 찾아 나선 겁니다.

오셀로 나를 찾았으니 다행이로군. 안에 들어가서 한두 마디 하고 나올 테니, 잠시 기다렸다 함께 가세. (퇴장)

캐시오 기수, 각하가 여기서 무얼 하고 계셨나?

이아고 오늘 밤 장군께서는 큼직한 보물선 한 척을 수중에 넣으셨지요. 그 전리품이 합법적인 것이라면 영원히 운이 트일 것입니다.

캐시오 무슨 소린지 모르겠군.

이아고 결혼하셨단 말입니다.

캐시오 누구와?

　　　오셀로 다시 등장.

이아고 결혼을…… 아, 장군님, 가실까요?

오셀로 함께 가자.

캐시오 저기 또 일 개 조가 장군님을 찾아왔군요.

　　　브러밴쇼, 로더리고, 횃불과 무기를 든 호위병들 등장.

이아고 브러밴쇼올시다. 장군, 조심하십시오. 독한 마음을 품고 있을 테니까요.

오셀로 여봐라, 거기 서라!

로더리고 각하, 무어인입니다.

브러밴쇼 저 도둑놈을 잡아라! (그들, 양쪽으로 덤벼든다)

이아고 로더리고! 덤벼라, 내가 상대해주마.

오셀로 번쩍이는 칼을 집어넣어라. 이슬에 녹슬겠다. 의원께서는 그만 큼 나이를 잡숫고 공로를 세우셨으면 칼을 휘두르지 않고서도 명령이 통하실 텐데요.

브러밴쇼 이 더러운 도둑놈! 내 딸을 어디다 숨겼느냐? 내 딸에게 마술을 건 네놈은 저주받을 악당이다. 아무리 생각해봐도 네놈이 마법의 사슬로 우리 딸을 얽어매지 않았다면, 결혼이라면 질겁을 하여 이 나라 부잣집 귀공자들을 마냥 거절해온 그토록 순박하고 아름다운 우리 딸애가 보기에도 험상궂은 너 같은 놈의 시커면 가슴팍으로 세상의 비웃음을 사면서까지 아비 눈을 피해 뛰어들었을 까닭이 없다. 그게 뻔한 노릇 아니냐. 네놈이 우리 딸한테 마술을 걸고, 마음 약한 처녀의 몸에서 혼을 빼가는 마약을 써 더럽혔지? 법정에 고소해서 따질 테다. 아무렴, 그러고말고. 네놈을 풍기문란죄로, 그리고 금지된 사술(邪術)을 행한 죄로 체포하도록 하겠다. 이놈을 잡아라. 반항하면 사정없이 족쳐라.

오셀로 꼼짝 말고 섰거라. 이쪽 편이건 그쪽 편이건 칼을 휘둘러도 좋다면, 난들 가만히 있겠느냐. 나도 서슴지 않고 칼을 뽑겠다. 그러나 당신의 비난에 먼저 답변을 해야겠소. 어디로 갈까요?

브러밴쇼 감옥으로나 가라. 때가 와서 법정이 불러낼 때까지 거기서 기다려라.

오셀로 그 말씀에 복종할까요? 공작님께서 승낙하실까요? 지금 나라의 급한 용무로 사신이 와서 함께 가기를 원하고 있는데요.

관 리 각하, 사실입니다. 공작께서 회의를 여셨습니다. 각하께도 사신이 간 줄 압니다만.

브러밴쇼 뭐? 공작께서 회의를? 이 아닌 밤중에? 그놈을 끌어내라, 내 문제도 간단한 일은 아니다. 공작이건 동료 의원이건, 이 사건을 남의 일로 생각지는 않을 것이다. 이 같은 악행이 버젓이 묵인된다면, 노예나 이교도들에게 국정을 맡기는 것이 차라리 나을 것이다. (퇴장)

제3장 회의실

공작과 의원들이 테이블을 둘러싸고 앉아 있다. 불이 환히 켜져 있고 시종들이 옆에 서 있다.

공 작 이 보고들이 이토록 서로 어긋나니 어느 것을 믿어야 할지 모르겠소.

의원 1 확실히 갈피를 잡을 수 없습니다. 여기 있는 보고서에는 적선(敵船)의 수가 백일곱 척으로 되어 있습니다.

공 작 여기에는 백사십 척으로 나와 있소.

의원 2 여기는 이백 척입니다. 그러나 적선의 수는 정확하지 않아도— 이런 경우에는 어림잡아 보고하기 때문에 어긋나기 쉽거든요 — 터키 함대가 키프로스를 향해 진격하고 있다는 건 분명한 사실입니다.

공 작 충분히 있음직한 일이오. 착오가 있다고 해서 안심할 수는 없소. 이 사건의 주된 사실에 대해서는 퍽 걱정스러운 바요.

해 병 (안에서) 여보세요! 여보세요! 여보세요!

관 리 함대로부터의 사신이오.

해병 등장.

공 작 무슨 보고냐?

해 병 터키 함대가 로도스섬으로 향하고 있습니다. 안젤로 각하의 명령에 의하여 정부 당국에 보고드립니다.

공 작 이 새로운 사태 진전에 대해 어떻게들 생각하시오?

의원 1 아무리 따져보아도 있을 수 없는 노릇입니다. 외관상 그렇게 보여 우리 눈을 속이자는 것이 아니겠습니까? 키프로스섬은 터키에게는 지극히 중요한 요충지입니다. 저희들도 이 점에 대해서는 재인식이 필요합니다만 터키에 있어서는 키프로스가 로도스섬보다 더 중요할 뿐만 아니라 공략하기도 훨씬 쉬운 섬입니다. 더군다나 요새로 보나 장비로 보나, 또 그 밖의 여러 면에 있어서도 로도스섬보다 훨씬 경비가 덜합니다. 이런 상황으로 볼 때, 터키가 첫 번째 것을 맨 마지막으로 돌리고, 용이하고 유리한 공격을 포기하면서까지 이득도 없는 위험을 섣불리 범할 리가 없는 것이지요.

공 작 옳은 판단이오. 어느 모로 보나 로도스섬으로 향하고 있는 것은 아니오.

관 리 또 보고가 들어왔습니다.

사령 등장.

사 령 아룁니다. 로도스섬을 향해 항진하고 있던 터키 함대가 그곳에서 뒤쫓아오던 함대와 합류하였습니다.

의원 1 그럴 줄 알았다. 자네 짐작으로는 몇 척이나 될 것 같던가?

사 령 삼십 척가량 됩니다. 다시 행동을 개시, 방향을 바꾸어 이번에는 분명히 키프로스섬으로 향하고 있답니다. 공작님의 충성스럽고 가장 용감한 이 섬의 총독 몬타노 각하로부터의 보고입니다. 이 보고를 믿어주십사 하는 부탁이 있었습니다.

공 작 키프로스로 향한 것이 분명하다. 마커스 루치코스는 이곳에 없는가?

의원 1 플로렌스에 가 있습니다.

공 작 서신을 보내도록. 대지급(大至急)으로 총독께 급송하시오.

의원 1 브러밴쇼 각하와 무어 장군이 오십니다.

　　　　브러밴쇼, 오셀로, 캐시오, 이아고, 로더리고 그리고 관리들 등장.

공 작 용감무쌍한 오셀로 장군, 우리의 적 터키 놈들을 무찌르러 장군이 직행해줘야겠소. (브러밴쇼에게) 잘 오셨소, 오늘 밤 꼭 의원의 의견을 듣고 도움을 청할 작정이었소.

브러밴쇼 저 역시 공작 각하의 의견을 듣고 싶었습니다. 용서하십시오. 오늘 밤 이렇게 황급히 각하께 달려온 것은 직책 때문도 아니요, 이 사건을 전해 들어서도 아니요, 오로지 제 사사로운 걱정 하나만이 둑에 넘치는 물결처럼 이 가슴을 무너지게 하고, 다른 슬픔을 집어삼킬 만큼 저를 걷잡을 수 없게 만듭니다.

공 작 아니, 대체 무슨 일이오?

브러밴쇼 제 딸년이, 아아, 제 딸년이!

의원들 죽었소?

브러밴쇼 저에게는 죽은 거나 다름없죠. 더럽혀지고 강탈당하고 농락당했으니까요. 사기꾼한테서 사들인 마법의 약과 주문 때문입니다. 그토록 똑똑하던 애가 마술에 걸리지 않고서야 그런 어리석은 짓을 저지를 수 있겠습니까?

공 작 그놈이 누구든 간에, 그런 엉터리 수작으로 따님을 홀려 정조까지 짓밟은 녀석은 의원 자신이 엄격히 법조문에 따라 소신껏 엄벌을 내리시기 바라오. 설령 그 범인이 내 소중한 아들이라 할지라도 당신 처단에 내맡길 수밖에 없소.

브러밴쇼 각하 은혜에 삼가 깊은 감사를 드립니다. 여기 그 죄인이 있습니다. 바로 무어인입니다. 지금 나라 일로 공작님의 특명을 받고 호출되어 나온 모양입니다.

일 동 이것 참 딱하게 됐군.

공 작 (오셀로에게) 장군은 이 문제에 대해서 할 말이 있소?

브러밴쇼 무슨 할 말이 있겠습니까? 방금 말씀드린 그대로인데요.

오셀로 최상의 권위와 위엄을 갖추신 존경하는 의원 여러분, 가장 고귀하고 선량하신 여러 의원님들께 한 말씀 드리겠습니다. 본인이 이 노인의 딸을 데려간 것은 사실입니다. 사실 본인은 그녀와 결혼도 했습니다. 본인의 죄과는 바로 이것뿐입니다. 그 이상도 이하도 아니죠. 본인은 언변이 부족하여 말이 좀 거칠고, 완곡한 표현에도 서투릅니다. 점잖게 둘러대는 일도 못 하죠. 양팔에 힘이 생기기 시작한 일곱 살 때부터, 지난 구 개월만 빼고는 오늘날까지 줄곧 전쟁터에서만 굴러먹던 놈이라 세상살이에 익숙지 못하고, 기껏 아는 것이라고는 전쟁에 관한 것들뿐이라 저 자신을 변명하는 일조차 여간 어렵지 않습니다. 그러나 여러분이 허락하신다면, 본인은 우리가 결혼에 이르기까지 그 자초지종을 사실대로 숨김없이 말씀드리고자 합니다. 어떤 마법의 약, 어떤 요술, 어떤 주문, 어떤 희한한 마술을 이용하여 — 이런 수단을 썼다고 하여 저는 지금 죄를 뒤집어쓰고 있습니다만 — 그 여인의 마음을 사로잡게 되었는지를 말씀드리죠.

브러밴쇼 그 애는 수줍은 아이였죠. 평소에 그렇게 침착하고 온화하고, 모처럼 마음먹은 일이 혹시나 흔들릴까 봐 혼자서 얼굴을 붉히곤 하던 그런 애가, 성격으로나 나이로나 국적으로나 신용으로 보아 그 모든 체면을 다 잊고 보기에도 끔찍한 사내와 사랑에 빠진다는 것은 도저히 있을 수 없는 일입니다. 바보나 미치광이였다면 또 모르죠. 어디 내놓아도 손색이 없는 애가 이같이 인간의 상도를 벗어나 실수를 범한다는 것은 악마의 소치랄 수밖에 없는 겁니다. 그렇기 때문에 거듭 확실히 말씀드립니다만, 마음을 매혹시키는 어떤 조제물이나 또는 그런 효과를 내는 마약을 만들어 딸애에게 먹여 유혹한 것이 틀림없습니다.

공 작 그렇게 단언한다고 해서 증거가 될 수 있는 것은 아니니, 어떤 확실한 증거를 제시할 필요가 있겠소. 현재 그렇게 보인다든지 그런 일이 있음직하다는 식의 추측으로 이 사람의 죄를 논한들 무슨 효력이 있겠소.

의원 1 한데 오셀로 장군, 말해보시오. 귀관이 과연 공정치 못한 방법으로 그 규수의 마음을 사로잡아 강제로 더럽혔소? 아니면 마음과 마음이 정당히 맞서 서로 터놓고 호소하여 사랑을 얻었소?

오셀로 부탁입니다만 세지터리 여관으로 사람을 보내어, 그 여인을 이리로 불러 그녀의 부친 앞에서 저에 관해 얘기하게 해주십시오. 만약 그녀의 이야기 가운데 본인에 관한 오점이 발견된다면, 본인이 얻고 있는 신임과 직책을 박탈해도 좋습니다. 뿐만 아니라 이 목숨에 사형 선고를 내려도 좋습니다.

공 작 데스데모나를 이리로 불러오라. (두세 시종이 문 쪽으로 간다)

오셀로 (이아고에게) 기수, 안내하라. 자네가 그곳을 잘 알고 있지? (이아고가 시종들과 함께 퇴장) 데스데모나가 이곳에 도착할 때까지, 하느님 앞에서 제 핏줄의 사악함을 참회하는 심정으로 여러분의 청아한 귀에 정직하게 털어놓겠습니다. 어떻게 해서 본인이 그 아름다운 여인의 사랑을 얻게 되었으며, 그녀는 또 어떻게 제 사랑을 얻게 되었는지에 대해서 말씀입니다.

공 작 오셀로, 이야기하시오.

오셀로 그녀의 아버지는 저를 아껴주셨습니다. 가끔 저를 초대하여 제 신상에 관한 이야기, 그동안 겪어온 전투, 포위작전, 갖가지 행운에 관한 이야기들을 듣고 싶어 했습니다. 그래서 전 소년 시절 이야기에서부터 그가 얘기해달라고 청하는 바로 그 순간까지의 체험을 남김없이 들려드렸지요. 예컨대 무시무시했던 모험담, 바다와 육지에서 일어났던 놀라운 사건들, 생사를 걸고 성벽을 뚫고 나오다 위기일발로 죽음을 면한 이야기, 무례한 적의 포로가 되어 노예로 팔려갔다가 보상금을 물고 풀려났던 이야기, 방랑하는 동안 겪었던 체험담, 거대한 동굴과 불모의 사막, 깎아세운 듯한 낭떠러지, 하늘까지 닿을 듯한 산과 봉우리 등 모든 이야기를 해드렸지요. 저의 마술이라는 것은 바로 이것이었습니다. 이야기는 그뿐만이 아니었어요. 서로 뜯어먹는 식인종 안드로포파자이족에 관한 이야기도 데스데모나는 언제나 열심히 들었습니다. 이따금 부엌일 때문에 자리를 비워야 했을 때에도, 재빠르게 해치우고 곧장 돌아와선 제 얘기에 다시 귀를 쫑긋 세우고 정신없이 듣곤 했습니다. 전 그것을 눈치채고 적당한 기회를 엿보아 그녀 쪽에서 더욱더 열을 올리도록 유도했지요. 그랬더니 그녀는 지나온 방랑 이야기를 단편적으로 하지 말고 전부 정리하여 차근차근 해달라고 조르는 것이었습니다. 저는 그 간청을 받아들였죠. 젊은 시절 겪었던 괴로움과 비참한 사건 등을 이야기함으로써 여러 번 소녀의 눈물을 자아내게 했습니다. 이야기를 끝내자 그녀는 제 수난을 동정하며 깊은 한숨을 내쉬더군요. 너무나 신기한 일이라느니, 상상도 못할 얘기라느니, 또 너무나 마음 아픈 일이라고도 말했습니다. 차라리 듣지 않았으면 좋았을걸 하다가도, 하늘이 자기에게 그런 사람을 내려주었으면 좋겠다고도 말했습니다. 그녀는 제게 고마워했습니다. 제 친구 가운데 자기를 사랑하는 사람이 있다면, 그 친구에게 저의 이야기하는 법만 가르쳐주어도 자신의 마음을 송두리째 차지할 수 있을 거라고도 말했습니다. 이 암시에 저는 용기를 얻어 이야기를 늘어 놨습니다. 그녀는 그 숱한 위험을 이겨낸 저를 사랑해주었습니다. 저 역시 제게 깊은 동정심을 보여준 그녀가 좋아졌습니다. 이것이 제가 사용한 유일한 마술입니다. 그녀가 이리로 오는군요. 그녀에게 직접 증언을 들어보십시오.

데스데모나, 이아고, 시종들 등장.

공 작   우리 집 딸이라도 그런 얘기를 들으면 마음이 흔들리겠군. 브러
        밴쇼 의원, 이미 엎질러진 물이니 최선의 방법으로 해결하시오.
        사람이란 빈손보다는 부러진 칼이라도 있는 쪽을 택하게 마련이
        오.

브러밴쇼   딸년의 얘기를 들어주시기 바랍니다. 만약 저애가 마음이 내
        켜서 한 짓이라면, 이 사람을 욕되게 한 본인을 처벌해주십시오.
        애야, 이리 오너라. 여기 계신 여러 어른들 앞에서 묻겠다만, 너
        는 먼저 누구에게 복종해야 한다고 생각하느냐?

데스데모나   아버님, 저에게는 두 가지 의무가 있다고 생각합니다. 저를
        낳아주고 길러주신 은혜에 대한 의무는 아버님께 다해야겠지요.
        아버님은 그 두 은혜를 저에게 베풀어주신 분이고 또 제 모든 의
        무의 주인이므로 전 아버님을 누구보다도 가장 존경합니다. 지
        금까지 전 아버님의 딸로서 살아왔으니 응당 그래야죠. 하지만
        지금은 여기 제 남편이 있습니다. 어머님은 외할아버지보다 아
        버님을 더 소중히 여기셨지요. 그와 마찬가지로 저 역시 무어인
        을 제 남편으로서 정성껏 섬기려 하옵니다.

브러밴쇼   끝장났군! 네 멋대로 잘 살려무나. 공작님, 회의를 진행시켜주
        십시오. 자식을 낳으니 차라리 얻어 기르는 편이 낫겠군. 무어인
        이여, 이리 오시오. 딸을 드리겠소. 아직 그대의 것이 아니라면
        거절할 수도 있는 일이겠지만, 이렇게 된 이상 할 수 없구려. 너
        말고 다른 아이가 또 없는 것이 퍽 다행이다. 만약 너 외에 또 다
        른 자식이 있었다면, 네가 사랑의 도피를 한 탓에 내가 더 난폭
        해져 발에 쇠고랑을 채웠을지도 모르는 일이다. 제 용무는 이것

으로 끝났습니다.

공 작 나도 충고 한마디만 하게 해주오. 내 말로써 두 분이 화해할 수도 있는 일이니. 슬퍼하는 것도 희망이 있을 때뿐이지, 만사가 끝이 나면 그것으로 일은 일단 매듭지어져야 하오. 지나간 불행을 슬퍼하고 있으면 새로운 불행을 초래하는 법, 운명이 어쩔 수 없는 재난을 가져다줄지라도 인내하면 그 재난을 웃어넘길 수 있소. 도둑을 맞고도 싱글벙글 웃는 사람은 도둑보다 한 수 위에 있는 사람이오. 마냥 슬퍼하는 사람은 자기 자신마저 잃고 말지요.

브러밴쇼 키프로스섬을 터키인에게 빼앗기고도 웃을 수 있다면 빼앗긴 것이 아니라는 말씀입니까? 충고도 충고 나름으로, 그것을 통해 그저 마음의 위로를 얻을 수 있는 거라면 무방하겠지만, 인내할 수 없을 만큼 벅찬 슬픔을 지니고 있는 사람에겐 충고나 슬픔 모두가 듣기 거북한 짐이 되지요. 도시 충고라는 것은 달고 쓴 양면이 있어서 아무렇게나 편리하게 쓸 수 있습니다 그러나 말은 어디까지나 말이죠. 단지 위로의 말만 듣고 멍든 가슴이 아물었다는 얘기는 들어본 적이 없습니다. 이제 제발 국사나 진행시켜주십시오.

공 작 터키군은 매우 우수한 장비를 갖추고 키프로스로 항진하고 있소. 오셀로 장군, 그쪽 요새는 그대가 자세히 알고 있을 줄 아오. 물론 아주 유능한 임시총독을 그곳에 주둔시켜두었지만, 이 일을 그대에게 맡겨야 안심이 된다는 게 중론이오. 그러니 수고스럽겠지만, 신혼의 기쁨을 잠시 멀리하고 이 어려운 토벌작전에 꼭 참가해주시오.

오셀로 여러 의원님들, 습관의 힘은 무서운 것이라 험한 싸움터의 고된 잠자리도 저에겐 푹신하고 안락한 잠자리와 같습니다. 전 어려운 일을 눈앞에 두고는 못 참는 성미니 터키와의 이번 전쟁은 제가 맡기로 하겠습니다. 한 가지 꼭 간청 드리고 싶은 것은 제 아내를 잘 보살펴주십사 하는 것입니다. 그녀의 가문과 환경에 어울리도록 거처를 마련해주시고, 재정적인 지원과 함께 뒷바라지를 해줄 사람까지 두어주십시오.

공 작 그대가 괜찮다면 그녀의 아버지 집에 부탁하는 것이 좋겠소.

브러밴쇼 그건 사양하겠습니다.

오셀로 저도 반대올시다.

데스데모나 저도 싫습니다. 아버님 댁에 살면서 아버님의 신경을 계속해서 건드리고 싶지는 않습니다. 공작님, 제 말씀을 들어주십시오. 비록 말 재주가 없어 부족한 점이 있사오나 관대히 들으시어 제 소원을 들어주십시오.

공 작 소원이 무엇인가? 말하라.

데스데모나 제가 무어 장군님을 사랑하여 그분과 함께 살기로 함은, 이미 세상이 다 알다시피, 과감히 집을 버리고 오직 운명의 험한 물결에 몸을 맡기는 대담한 행동이었습니다. 그건 제가 이분의 인품과 직책을 잘 알기 때문이었습니다. 저는 그분의 마음속에서 오셀로 님의 진정한 모습을 보고, 그분의 명예와 용감한 행위에 제 마음과 운명을 모두 바치려는 것입니다. 그러하오니 여러 의원님들이시여, 남편이 전쟁터에 나가 있다고 해서 뒤에 혼자 남아 하는 일 없이 태평한 세월을 보낸다면, 아내로서의 사랑과 의무를 바칠 수 없으므로 전 침울하게 홀로 쓸쓸함을 참아나가지 않으면 안 될 것입니다. 제발 함께 가도록 허락해주십시오.

오셀로 그녀의 청을 허락해주십시오. 하늘에 맹세코 이처럼 앙청하옵는 것은 저 자신의 욕망을 채우기 위해서가 아닙니다. 혈기왕성한 나이도 아닌 지금, 욕정에 눈이 먼 탓도 아닙니다. 또한 남편으로서 억지를 부려 볼 심산이 있어서도 아닙니다. 오로지 그녀의 소망을 기분 좋게 들어주고 싶어서일 뿐입니다. 아내가 동행하면 중대한 임무를 소홀하게 되리라는 걱정은 아예 말아주십시오. 만약 날갯짓 하는 큐피드의 장난에 눈이 멀듯 제 마음이 들떠서 성적 희롱에 빠져 임무를 그르친다면, 저의 투구를 빼앗아 식모에게 냄비 대신 사용케 해도 좋습니다. 온갖 운명과 치욕을 저의 머리 위에 뒤집어씌우셔도 괜찮습니다.

공 작 아내를 남겨두든 데리고 가든 그대가 알아서 결정하오. 여하튼 사태는 위급하오. 급히 출동하시오. 오늘 밤에 떠나시오.

데스데모나 오늘 밤에 떠난단 말씀입니까?

공 작 오늘 밤 당장.

오셀로 네, 그렇게 하겠습니다.

공 작 내일 아침 아홉 시에 다시 집합해주시오. 오셀로 장군, 장교를 남겨두시오. 임명장을 장교 편에 보내겠소. 그 밖에 이 명예로운 임무에 수반되는 제반 사항도 함께 전달하겠소.

오셀로 분부대로 기수를 남겨두겠습니다. 정직해서 믿을 수 있는 자입니다. 아내도 기수에게 맡기겠습니다. 그 외에 필요한 것이 또 있으면 후에 보내주십시오.

공 작 알겠소. 편히들 쉬시오. (브러밴쇼에게) 브러밴쇼 의원, 덕이 있으면 인물도 빼어난 법인데, 댁의 사위는 피부만 검은색일 뿐이지 인물은 잘났소이다.

의원 1 잘 가시오, 용감한 무어인이여. 데스데모나를 잘 보살펴주오.

브러밴쇼 눈이 제대로 박혔으면 조심하라구. 제 아비를 속였는데 서방인들 안 속일까. (공작, 의원들, 시종들 퇴장)

오셀로 그녀의 정절에 이 목숨을 걸겠소! 정직한 이아고, 나의 데스데모나를 너에게 맡기고 떠나련다. 네 아내를 그녀 곁에 두도록 하라. 나중에 형편이 나아지는 대로 그들과 함께 오너라, 자, 데스데모나, 함께 사랑을 하고 세상살이의 여러 가지 일들을 의논할 시간도 한 시간밖에 없구려. 시간을 엄수해야 하니. (오셀로와 데스데모나 퇴장)

로더리고 이아고!

이아고 왜 그러십니까?

로더리고 어떻게 하면 좋겠느냐?

이아고 왜요? 가서 주무세요.

로더리고 당장 물에 빠져 죽고 싶구나.

이아고 그런 짓을 하시려거든, 앞으로 인연을 끊읍시다. 어리석게 굴지 마세요!

로더리고 사는 것이 괴로울 때 산다는 것은 어리석은 짓이야. 죽는 것이 편할 때에는 차라리 죽는 처방을 받아두는 것이 좋을 것 같아.

이아고 별소리 다 하시네! 소생 그동안 — 사에다 칠을 곱하면 이십팔 — 이십팔 년간 세상 구경을 해봤습니다만, 손해와 이익을 구별하기 시작한 이래로 오늘날까지 자기를 위하는 방법을 터득한 사람은 만나보질 못했습니다. 계집년 때문에 물에 빠져 죽을 바에야 인간 세상 집어치우고 성성이가 되는 게 낫죠.

로더리고 어떻게 하면 좋겠느냐? 멍청하게 좋아하다가 당한 내 꼴이 수치스럽지만, 난들 별도리가 있겠느냐. 모두가 내 수양이 모자란 탓인걸.

이아고 수양이라고요! 원 참, 이 팔자 저 팔자 따지지만 모두가 내 탓이죠. 우리 몸이 정원이라면 우리의 의지는 정원사랍니다. 쐐기풀을 심든, 상추를 심든 우슬초를 심어서 백리향을 내든, 한 가지 종류의 풀을 기르든 여러 가지 풀을 심든, 내버려둬서 시들게 하든 부지런히 거름을 주든, 어떻게 기를까 어떻게 개량할까 결정짓는 힘 모두가 다 의지의 소산이란 말씀입니다. 인생을 저울이라 칩시다. 그 저울 한쪽에 정욕의 접시만 매달려 있고 다른 쪽에 이성의 접시가 조화를 맞춰주지 않으면, 인간 본래의 정욕만을 드러내놓는 추잡한 결과를 초래하기 쉽죠. 그러나 우리에게는 이성이 있기 때문에, 흥분이나 성적 충동이나 타오르는 욕정을 억제할 수 있답니다. 당신이 말하고 있는 사랑도 결국은 이런 근성의 한 가닥이요 한 토막이죠.

로더리고 그런 건 아니야.

이아고 단지 욕정의 피가 좀 끓어오르고, 의지력이 약간 풀어졌을 뿐이겠죠. 자, 정신 좀 차리세요. 물속에 몸을 던지겠다고요? 그따위 짓은 고양이나 눈먼 강아지한테나 시키시구려. 내가 당신의 친구라고 공언했죠? 밧줄로 내 몸을 당신한테 단단히 묶어서 봉사할 참입니다. 지금이야말로 당신에게 봉사할 수 있는 알맞은 때지요. 돈주머니에 돈이나 듬뿍 넣어가지고 전쟁터로 같이 갑시다. 가짜 수염을 붙이고 인상을 바꾸세요. 몰라볼 겁니다. 내가 하고픈 말은, 당신 돈주머니에 돈을 잔뜩 넣어 가자는 겁니다. 데스데모나도 밤낮 무어인에게만 사랑을 바치지는 않을 겁니다. 돈주머니에 돈이나 챙겨두세요. 오셀로가 데스데모나를 대하는 것도 마찬가지일 거예요. 시작이 뜨거웠으니 빨리 식을 겁니다. 그저 돈주머니에 돈이나 쑤셔 넣어요. 이 무어인은 변덕이 심한 놈이지요. 돈주머니에 돈을 가득히 채워 둬요. 지금은 꿀맛같이 달콤하겠지만 이윽고 쓰다고 뱉을 놈이라구요. 그녀도 젊은 남자에게 추파를 던질 거고. 그놈 몸뚱어리에 진절머리가 나면 잘못 골랐다고 돌아서겠지. 그러니 돈주머니에 꾹꾹 눌러 담아요, 돈, 돈, 돈을요. 자기가 싫어졌다고 해서 물속에 몸을 던져서야 되겠어요? 재빨리 머리를 쓰셔야지. 돈을 몽땅 긁어모아두라니까요. 정도를 벗어난 야만인과 타락한 베니스 계집년과의 그럴싸해 보이면서도 위태로운 언약쯤은 마성적인 나의 지혜로 싹둑 끊어놓을 테니까. 마음 놓고 그녀를 즐기게 해드리리다. 그러니까 돈이요, 돈을 준비하세요. 물속에 덤벙 몸을 던져요? 어림도 없는 소리! 잘못 짚으셨어. 여자도 없이 혼자 쓸쓸하게 물에 빠져 죽느니 실컷 즐긴 후에 목을 매다시라 — 이 말씀이에요.

로더리고 자네 말만 믿으면 내 소원은 성취되겠지?

이아고 걱정 마세요. ……가서 돈이나 꾸리시구려. …… 거듭, 거듭 말했죠. 지금 되풀이해서 또 말하는데, 나는 무어인을 증오합니다.

내가 품은 원한은 뿌리가 깊어요. 당신의 마음도 나와 비슷하죠. 둘이서 꼭 한마음이 되어 그놈을 해치웁시다. 당신이 무어 놈의 아내를 가로챌 수 있다면, 당신에겐 즐거움이요 나에겐 위안이 에요. 우리가 꾸민 많은 일들이 시간이라는 자궁 속에서 달이 차면, 결실이 되어 세상에 태어납니다. 자, 돌진이다! 가서 돈을 장만하세요. 내일 아침 만나서 다시 얘기합시다. 잘 가세요.

로더리고   내일 아침 어디서 만날까?

이아고   우리 집에서.

로더리고   아침 일찍 가겠다.

이아고   좋습니다. 가보세요. 아 참 잠깐만, 로더리고.

로더리고   왜 그래?

이아고   투신 자살은 금물이에요, 아시겠죠?

로더리고   마음이 변했어. 내 땅을 몽땅 팔아버릴 작정이다. (퇴장)

이아고   좋습니다, 가보세요! 돈주머니에 돈을 잔뜩 넣어두세요. (방백) 이렇게 해서 바보 녀석들은 내 돈주머니가 되는 거지. 저런 멍청이와 상대해서 시간을 허비할 바에야 돈이나 듬뿍 뜯어내야 한단 말이야. 그러지 못하면 여태 간직했던 내 지혜주머니의 위신 문제다. 무어 놈을 나는 증오해. 내 이불 속에 기어들어 나 대신 내 아내와 무슨 짓을 했다는 소문이 있어. 정말인지 거짓말인지는 알 수 없지만, 그런 소문을 들은 이상 실제로 있었던 일로 간주해서 복수를 하지 않으면 난 직성이 풀리지 않지. 그놈은 나를 신용하고 있어. 바로 이 점이 그놈을 해치우는 데 편리하거든. 캐시오란 녀석은 만만치 않아. 그놈의 지위를 박탈해서 꿩도 먹고 알도

먹자. 그다음에는 어떻게 할까? 으음, 시간이 좀 지나면 오셀로 귀에다 고자질해야지. '장군 부인과 캐시오가 너무 반죽이 좋습니다' 하고. 캐시오는 반반하게 생긴 데다 유순하기 때문에 의심받기에 알맞은 놈이지. 기생오라비처럼 생겼거든. 무어 녀석은 서글서글하고 정직한 성격이라 겉으로 충실한 척하면 깜빡 속아 넘어갈 위인이니, 당나귀 끌고 다니듯 조종할 수 있지. 됐어, 잘 짜여진 셈이야. 지옥과 어둠이 이 괴물 같은 재앙을 탄생시킬 것이다. (퇴장)

제2막

제1장 키프로스섬 항구 부두 근처 광장

몬타노와 두 신사 등장.

몬타노 바다 위에 무엇이 보이는가?

신사 1 아무것도 안 보입니다. 높은 파도가 일고 있는 바다뿐입니다. 하늘과 바다 사이에 돛대 하나 보이지 않습니다

몬타노 육지에서도 바람이 몹시 불었지. 성벽이 이토록 들썩거린 때는 일찍이 없었어. 바다에서도 바람이 이토록 심하다면, 참나무로

된 배의 허리께도 산더미 같은 파도에 치여 산산조각이 났잖았
겠어? 무슨 일이 일어나지 않았을까 궁금하군.

신사 2 터키 함대도 사방으로 흩어졌을 겁니다. 파도치는 바닷가에 나
갔봤더니, 파도가 하늘로 치솟고 있었습니다. 바람에 휘몰린 해
면이 무시무시한 갈기처럼 휘날리며 하늘로 솟구쳐 오르면서,
불같은 작은곰자리에 물을 끼얹고 있었습니다. 한자리에서 꼼짝
않는 북극성의 호위병 별들을 물거품으로 지우려는 기세였습니
다. 이토록 미친 듯한 파도는 처음 보았습니다.

몬타노 터키 함대는 항구에 피난하지 않았으면 침몰했을 것이다. 이런
바다를 건너온다는 것은 불가능한 일이야.

신사 3 새로운 소식입니다! 전쟁은 끝났습니다. 폭풍이 터키 함대를 대
파시켜 적군의 작전 계획은 허사가 되고 말았습니다. 베니스에
서 온 아군 함대가 대부분 조난당해 파선되어 있는 적의 함대를
목격하고 왔답니다.

몬타노 뭐라고! 정말인가?

신사 3 아군 함정이 입항했습니다. 베로나호입니다. 용감한 무어인 오
셀로 장군의 부관 마이클 캐시오 님이 상륙했습니다. 무어 장군
께서는 아직도 해상에 계십니다. 키프로스섬 수비의 전권을 위
임받고 오시는 중입니다.

몬타노 훌륭한 총독님이시지. 참 반가운 일이군.

신사 3 그런데 캐시오 부관은, 터키 함대가 전멸한 것에 대해서 기분 좋
게 이야기하고 있습니다만 무어 장군의 안부에 관해서는 크게
걱정하며 무어 장군이 무사하기만을 빌고 있습니다. 무서운 폭

풍 때문에 해상에서 서로 헤어진 모양입니다.

몬타노 무사하기만을 빈다. 한때 나도 그분 밑에 있은 적이 있었지. 위대한 장군의 면모를 갖추신 분이었어. 해안으로 가자! 입항할 배를 살피는 동시에, 바다와 하늘의 푸르름을 서로 분간조차 할 수 없을 때까지 눈을 부릅뜨고 오셀로 장군을 찾아보자.

신사 3 그렇게 합시다. 이렇게 어정대고 있는 동안, 어느 순간에 함선이 들이닥칠지 모르는 일이니까요.

　캐시오 등장.

캐시오 이 요새를 지켜온 용감한 당신이 무어 장군을 그토록 칭찬해주시니 고맙군요. 오, 신이여, 부디 위험한 해상에서 놓쳐버린 장군을 풍파로부터 지켜주십시오!

몬타노 장군의 배는 튼튼합니까?

캐시오 튼튼히 만들어진 배죠. 조타수도 노련하고 능숙한 자입니다. 마음을 놓을 수는 없습니다만, 큰 걱정은 안 해도 좋을 듯합니다. (안에서 "배다, 배다, 배가 보인다!" 하는 고함소리)

　사신 등장.

무슨 소립니까?

사　신 거리는 텅 비었습니다. 사람들은 바닷가로 몰려가 '배가 보인다!' 고 고함치고 있습니다.

캐시오 틀림없이 총독이 탄 배겠지. (예포 소리 들린다)

신사 2 예포를 쏘고 있습니다. 아군인 듯합니다.

캐시오   제발 가보세요. 가셔서 누가 도착했는지 확인해주십시오.

신사 2   네, 그렇게 하겠습니다. (퇴장)

몬타노   그런데 부관, 장군께서는 부인이 있으시오?

캐시오   운이 좋으신 분입니다. 필설(筆舌)로 이루 다할 수 없을 만큼 훌륭한 부인을 맞이하셨지요. 어떤 명문장으로도 표현할 수 없고, 어떠한 붓으로도 그려내지 못할 만큼 아름답고 우아하신 분입니다.

     신사 2 등장.

어떻게 되었소? 누가 입항했소?

신사 2   장군의 기수인 이아고입니다.

캐시오   운 좋게 빨리 도착해줘서 반갑군. 폭풍우도, 파도치는 바다도, 으르렁대는 광풍도, 죄 없는 배를 파선시키는 비겁한 암초도, 얕은 모래밭도 아름다움을 보는 눈은 있어서 잔인한 본성을 억누르고 거룩한 데스데모나 부인을 안전하게 통과시켜주었군.

몬타노   그 부인이 누구요?

캐시오   방금 얘기한, 장군 중의 장군 오셀로 장군의 부인입니다. 용감한 이아고에게 호위해줄 것을 부탁했는데 도착이 예상보다 일주일이나 빨랐군요. 신이여, 오셀로 장군을 지켜주소서! 돛대에 한껏 바람을 안겨주시고, 그 훌륭한 배가 당당히 이 항구에 입항하게 해주소서. 데스데모나의 품 안에서 장군의 사랑이 숨가쁘게 헐떡이도록 해주시고, 침체된 우리들의 사기를 새롭게 돋워주시고, 키프로스섬에 축복을 내려주소서!

     데스데모나, 에밀리아, 이아고, 로더리고, 시종들 등장.

보세요, 이 배의 보물이 상륙하고 계십니다. 키프로스섬 사람들이여, 부인에게 인사드리시오. 부인, 축하합니다. 하늘의 은총이 사방으로 당신을 감싸기를 빕니다.

데스데모나 감사하오, 캐시오. 장군의 소식은 들으셨소?

캐시오 아직 도착하지 않으셨습니다. 하지만 별일 없으실 테니 곧 도착하실 겁니다.

데스데모나 아, 하지만 나는 두렵군요. 어떻게 해서 서로 헤어지게 되었소? (안에서 "배다, 배가 보인다!" 는 고함소리)

캐시오 바다와 하늘이 서로 지지 않으려고 요동을 치는 통에 이렇게 됐습니다. 저 소릴 들어보십시오! 배가 왔군요. (예포 소리)

신사 2 성을 향해 예포를 쏘고 있습니다. 이번에도 아군 함선입니다.

캐시오 살피고 오시오. (신사 2 퇴장) 아, 기수, 잘 왔네. (에밀리아에게 키스한다) 안녕하십니까, 부인? 부인에게 키스했다고 껄끄럽게 생각지 마라, 이아고. 예절은 공손하게 지키도록 배웠으니 할 수 없네.

이아고 저는 아내가 디미는 혓끝에 질려 있습니다만, 아내가 그런 식으로 자주 내민다면 부관께서도 아마 진저리를 내실 겁니다.

데스데모나 저런, 부인은 전혀 입을 열지 않는데요.

이아고 천만에요, 너무 떠벌리지요. 눈 좀 붙일까 하면 더 극성입니다. 지금이야 어부인 앞이니 혓바닥을 뱃속에 말아 넣고 있지만, 속으로 저를 씹어댑니다.

에밀리아 사람 잡는 소리 그만해요.

이아고 글쎄, 글쎄, 당신이야 밖에 나오면 그림처럼 정숙하지만, 방 안에만 들어갔다 하면 종소리처럼 시끄럽고, 부엌에선 아주 살쾡

이잖아. 나쁜 짓을 하고도 성인인 양 거룩하게 시치미를 떼고, 화가 나셨다 하면 악귀 뺨치지. 집안일에는 게으르면서도 이불 속에 들어왔다 하면 부지런하단 말이야.

데스데모나 어머, 입도 험하셔라!

이아고 정말입니다. 그렇지 않다면 저는 악당이지요. 당신은 일어났다 하면 빈둥빈둥 놀고, 잠자리에 들었다 하면 신나게 움직이신단 말씀이야.

에밀리아 평생 당신더러 칭찬해달라고 하지 않겠어요.

이아고 제발, 나도 싫어!

데스데모나 나를 칭찬한다면 뭐라고 하겠어요?

이아고 부인, 저한테 그 일만은 시키지 마십시오. 입만 열었다 하면 악담이니까요. 그래야 직성이 풀리지요.

데스데모나 말해보세요. 그런데, 누가 항구에 가봤나요?

이아고 네, 부인.

데스데모나 (방백) 별로 재미는 없지만, 재미있는 척하고 들어주자. 뭐라고 칭찬하겠어요?

이아고 지금 시작할 참입니다. 그런데 좋은 표현이 끈끈이가 털옷에 들러붙어 떨어지지 않는 것처럼 머릿속에서 떨어지질 않는군요. 억지로 잡아떼면 내 골까지 한꺼번에 쏟아져 나올 테니 그것도 어렵군요. 가만있자, 시적 영감이 진통을 시작했어요. 아, 마악 태어났습니다. 여자가 어여쁘고 현명하다면 미모와 총명일진대, 재기가 미모를 이용해서 원하는 것을 얻습니다.

데스데모나 좋아요! 여자가 얼굴은 못났어도 총명하다면요?

이아고 못생겨도 지혜는 있다면, 얼굴에 맞는 남자를 찾을 것입니다.

데스데모나 점점 나빠지네.

에밀리아 예쁘지만 멍청이면 어떻게 하지?

이아고 얼굴이 반반한데 바보로만 있을 리 있을라고. 어리석어도 애기
는 생길 텐데.

데스데모나 선술집에서 남정네들 웃기는 저질 농담이네. 못생긴 얼굴에
바보라면 얼마나 더 지독한 욕설을 먹을까요!

이아고 아무리 미운 바보라도 예쁘고 똑똑한 여자들이 하는 추잡한 짓
은 다 하는걸요.

데스데모나 몰라도 유분수지! 제일 형편없는 여자를 제일 좋다고 칭찬하
다니. 그러나 정말 훌륭한 여자는 뭐라고 칭찬하지요? 너무 깔
끔하게 생겨서, 욕을 퍼붓고 싶어도 자연히 칭찬할 수밖에 없는
그런 여자 말이에요.

이아고 아름답지만 거만하지 않고, 말은 잘 하되 떠벌리지 않고, 돈이
넉넉해도 사치스럽지 않고, 할 수 있는 일에도 욕심을 억제하며,
복수할 수 있는 기회가 와도 원한을 참아내고, 대구 대가리와 연
어 꼬랑지를 바꾸지 않을 만한 분별은 있지만 겉으로 아는 체하
지 않고, 남자들이 줄을 서서 뒤꽁무니를 따라와도 뒤돌아보지
않는 여자가 있다면, 그런 여자는……

데스데모나 그런 여자는 어때요?

이아고 바보 자식 젖 빨리고, 가계부 적는 데 적격이죠.

데스데모나 결론이 시시하고 엉터리 같아요! 에밀리아, 남편이라고 해서
저 양반 말을 고지식하게 받아들이다가는 큰일 나겠어. 어떻게

생각하세요, 캐시오 부관님? 저속하고 버릇없는 떠버리죠?

캐시오 말씀하신 그대로입니다, 부인. 이아고를 학자라기보다는 군인이라고 생각하시면 그의 말이 재미있게 들리실 것입니다. (캐시오와 데스데모나가 다정하게 얘기를 나누고 있다.)

이아고 (방백) 저 자식, 부인의 손을 잡네. 옳거니, 귀엣말을 속삭이잖아. 조그만 거미줄로 캐시오라는 큼직한 파리를 낚아봐야지. 웃어라, 악당아, 여자를 보고 웃어. 예절을 다하느라 쩔쩔매고 있는 네놈을 낚아채겠다. 좋았어, 그렇게만 해. 손가락에 키스를 해대면서 마냥 신사인 체 뽐내고 있지만, 내 흉계로 네놈을 부관 자리에서 내쫓을 테니. 손가락에 키스하지 말았어야 했어라고 생각하게 되겠지. 옳지, 잘한다, 멋진 키스다. 희한한 예의로군! 됐어. 손가락에 또 입을 갖다 대? 차라리 관장기(灌腸器)를 갖다 댔으면 좋았을걸. (안에서 나팔 소리) (큰 소리로) 무어 장군입니다!

캐시오 정말 그런 것 같습니다.

데스데모나 어서 그분을 마중하러 나갑시다.

　　　　오셀로와 시종들 등장.

캐시오 보세요, 저기 오십니다!

오셀로 오, 아름다운 내 전우여!

데스데모나 아, 친애하옵는 오셀로 님!

오셀로 먼저 도착한 당신을 보니 놀랍기도 하지만 무척 기쁘오. 아, 이 기쁨! 폭풍이 휘몰아친 뒤에 이 같은 고요가 온다면, 송장이 눈을 번쩍 뜰 정도로 바람이 불어도 좋겠소. 산더미 같은 파도를 타고 올림포스 산 정상에까지 솟구쳐 올랐다 갑작스레 천국으로부터 지옥의 구렁텅이로 떨어져도 좋고, 아무리 배가 파도 위에서 몸부림을 친다 해도 괜찮겠소. 지금 죽는다면 지금이 가장 행복한 순간이 될 것이오. 이상하게도 운명이 이같이 계속되는 만족감을 앞으로 두 번 다시 가져다주지 못하리라는 느낌이 드는구려.

데스데모나 신이여, 저희들의 애정과 기쁨이 날이 갈수록 더욱더 깊어지게 해주소서!

오셀로 신이여, 부디 그렇게 되게 해주소서! 이 가득 찬 만족감을 어떻게 표현해야 할지 몰라 이 가슴에 가득 차 있습니다. 너무나 벅찬 기쁨이옵니다. 이것이, 이 키스가 (두 사람 키스한다) 우리 두 사람이 도달한 가장 가깝다는 증거가 될 것이다.

이아고 (방백) 흥, 지금은 둘이서 장단이 척척 잘 맞는군! 그러나 내가 이 음악의 조화를 깨뜨려놓을 테다. 나는 하겠다고 마음먹으면 틀림없이 하고야 마는 사람이니까.

오셀로 자, 성으로 갑시다. 기쁜 소식이오. 전우들이여, 전쟁은 이제 끝났소. 터키 함대는 풍랑 속에 침몰했소. 이 섬의 옛 친구들은 어떻게 지내고 있나? 여보, 당신은 이 키프로스에서 대환영을 받을 거요. 나도 푸짐한 환대를 받아왔으니까. 아, 쓸데없는 소릴 많이 지껄였구려. 이게 다 내 마음이 너무 기쁜 탓이오. 이아고, 수고스럽겠지만 부두로 내려가서 내 짐을 부려주게. 그리고 선장을 성으로 안내하도록! 훌륭한 사람이네. 존경받을 만한 가치가 있는 사람이지. 아, 데스데모나, 키프로스에서 다시 만나게 되어 정말 기쁘오! (이아고와 로더리고만 남고 모두 퇴장)

이아고 (로더리고에게) 잠시 후에 항구에서 만납시다. 이리 오슈. 용기를
좀 내시라니까. ……형편없는 남자도 여자한테 반했을 때에는
당당해진다던데……. 잘 들으슈. 부관은 오늘 밤 야경을 돌아요.
먼저 여기서 당신한테 한마디 안 할 수 없는 것은, 그 녀석이 데
스데모나를 확실히 좋아한다는 사실이오.

로더리고 그놈이? 어림없는 소리.

이아고 손가락을 입에 대고, 이렇게 곰곰이 생각해보세요. 애초에 저 여
자가 무어인에게 사랑을 느낀 것은 꿈같은 거짓말에 넋을 잃었
기 때문이에요. 언제까지나 그런 헛소리에 반하고만 있겠습니
까? 당신만큼 분별 있는 사람이라면, 그 정도는 알 수 있을 겁니
다. 그 여자의 눈도 요기는 해야조. 그런데 악마의 낯짝을 보고
그 여자가 만족할 수 있겠어요? 성적 쾌락도 사라지고 열이 식으
면 다시 한번 불을 댕겨 새로운 식욕을 일으킬 테고, 그 식욕을
충족시켜주려면 얼굴도 잘생기고 나이도 서로 맞고 거동도 우아
해야 하는데, 무어인은 이 모든 점에서 낙제란 말씀이에요. 이
같은 필수조건이 구비되지 않으면 그녀의 섬세한 마음은 속았다
고 후회할 테니, 그녀는 안달이 날 것입니다. 무어인이 지긋지긋
하게 싫어지겠지요. 인간의 본성이란 다 그런 것이어서 그녀는
슬그머니 다른 상대자가 그리워질 것입니다. 그래서 말씀입니
다, 일이 이쯤 되면 — 지극히 명백한 자연의 이치이긴 합니다만
— 캐시오가 그 행운을 차지하지 않고 누가 차지하겠소? 혀도
잘 놀리고 머리도 빨리 돌아가는 난봉꾼이거든요. 음탕한 녀석.
예의니 친절이니 하지만, 제 욕정을 채우기 위해서는 양심 같은

것은 헌신짝처럼 내버리는 놈이에요. 그 녀석 외에는 없어요, 없어. 능글맞은 놈. 간사한 놈. 기회주의자. 기회가 여의치 않으면 억지로라도 기회를 만들어서 이득을 취할 악당. 그 밖에도 인물 좋겠다, 나이 젊겠다, 풋내기 여자라면 누구나 좋아할 만한 조건을 전부 갖추고 있어요. 완전무결한 악당이죠. 게다가 그 여자도 이미 그놈한테 눈독을 들이고 있거든요.

로더리고 그 여자가 그런 줄 몰랐는데. 착하고 깨끗한 줄만 알았어.

이아고 착하고 깨끗하다고요? 웃기지 마슈. 그 여자가 마시는 술도 우리가 마시는 포도주와 똑같이 포도로 만든 것입니다. 깨끗하고 착하다면 무어 녀석한테 반하지도 않았지요. 꼴불견이야! 그 여자가 캐시오의 손바닥을 어루만지는 걸 보지 못했소? 그걸 못 봤단 말입니까?

로더리고 그거야 나도 봤지. 하지만 예의상 그러는 줄 알았는데.

이아고 음탕한 짓이에요. 틀림없습니다. 색정과 추잡한 이야기의 서막이 심상치 않게 열리고 있습니다. 입술과 입술을 아주 가까이 대고 있어 서로의 입김이 얼싸안고 포옹을 합니다. 로더리고, 이게 다 음흉한 짓이지요. 이렇게 우물쩍주물쩍 뜸을 들이다가, 어느새 본격적으로 활극을 펼치는 과정에서 두 사람은 꼭 붙어버린답니다. 흥! 여하튼 내 말을 들으세요, 베니스에서 여기까지 모시고 온 이 마당에서는 말입니다. 당신도 오늘 밤 야경을 나가는 거예요. 지시는 내가 할 테니 걱정 마세요. 당신은 캐시오를 잘 모르죠? 내가 가까이 붙어 다닐 겁니다. 고함을 빽 지른다든지, 명예훼손을 시킨다든지. 그때그때의 경우에 맞춰서 캐시오의 분통을 터뜨리세요.

로더리고　좋아.

이아고　그놈은 워낙 성미가 급한 데다 신경질적이기 때문에 틀림없이 당신을 때릴 겁니다. 그렇게 하도록 유도하세요. 그렇게 해서 조그마한 계기를 만들어주면, 이 일이 키프로스 전체를 들썩거릴 만큼 대소동이 되도록 확대시켜 보겠어요. 캐시오를 파면시키지 않고는 도저히 수습할 길이 없을 정도로 말입니다. 당신은 내가 세운 계획에 의해 소원을 이루는 지름길에 이르는 것입니다. 물론 방해물도 효과적으로 제거할 수 있구요. 이 같은 방해물이 있는 한 우린 햇볕 볼 날 없을 거예요.

로더리고　기회를 잡기 위해서라면 꼭 하고야 말겠다.

이아고　그건 보장합니다. 곧 성에서 만납시다. 그 녀석의 짐을 가지러 가야 하니까요. 그럼 안녕.

로더리고　이따가 만나자. (퇴장)

이아고　캐시오가 그 여자에게 반한 것은 확실해. 여자 쪽이 그자에게 홀린 것도 있음직한 일이고. 무어 녀석이 미워 죽겠는데, 그놈이 고지식하고 정이 두텁고 성격이 고상한 것만은 사실이거든. 데스데모나에게는 다정한 남편이 될 수 있다고 생각해. 그런데 나도 데스데모나에게 끌린단 말이야. 순전히 정욕에 사로잡혀 그러는 것만은 아니지. 하기야 그런 속셈도 전혀 없는 것은 아니지만, 또 한편으로는 원한을 풀고 싶어서야. 그놈의 색골 무어 녀석이 내 잠자리에 파고든 적이 있다잖아. 그게 의심스럽거든. 그일만 생각하면, 마치 독약이라도 마신 듯 속이 왈칵 뒤집힌단 말야. 계집년을 서로 바꾸어 피장파장이 될 때까지는 멍든 이 마음이 풀리지 않을 것 같아. 그렇게 될 수 없을 바에는 무어 녀석의 질투심을 맹렬히 불러일으켜 분별심을 잃게 만들자. 이 일을 성공시키기 위해서는 베니스의 졸장부 녀석 마음을 잔뜩 달아오르게 해서 펄쩍펄쩍 뛰게 만들어야 해. 그 얼간이를 잘만 조종하면 캐시오 녀석은 문제 없어. 무어 녀석에게 캐시오의 악담을 귀가 잉잉거리도록 들려줘야지. 캐시오도 내 여편네와 몰래 잔 혐의가 있어. 무어 녀석은 고마워하며 내게 금일봉까지 하사할 것이 틀림없다. 그러면 나는 그 녀석을 바보 취급하면서 그놈의 편안한 마음을 쑤시고 들볶아 미치게 만들어야지. 문제의 핵심은 바로 여기에 있는 거야. 그러나 아직은 막막하고 복잡하다. 악당의 정체는 실력이 발휘될 때 나타나는 법이니까. (퇴장)

제2장 같은 광장

전령이 포고문을 들고 등장. 시민들이 뒤따른다.

전 령 고귀하고 용감하신 오셀로 장군께서는 터키 함대의 전면 소식에 접하시어 전승 축하연을 베푸신답니다. 여러분, 승전을 축하해 주십시오. 춤을 추고 봉화를 올리고 각자 취향에 따라 즐기시기 바랍니다. 전승 축하 외에 장군의 결혼 축하연도 있을 예정입니다. 이상 장군의 말씀을 전해드렸습니다. 성내의 주방이 전부 개

방되었습니다. 현재 시간 다섯 시부터 열한 시 종이 울릴 때까지 마음껏 음식을 드시고 즐기십시오. 키프로스섬과, 오셀로 장군 만세! (퇴장)

제3장 성 안의 총독관사 대청

오셀로, 데스데모나, 캐시오, 시종 등장.

오셀로 마이클, 오늘 밤 야경을 부탁하네. 정도껏 놀고 마시는 것도 좋지만, 소동은 벌이지 않도록 조심하게.

캐시오 이아고는 매사에 빈틈이 없습니다. 또 저 역시 정신을 차려 감시하겠습니다.

오셀로 이아고는 성실한 사람이다. 마이클, 잘 가게. 내일 아침 일찍 만나세, 얘기할 것이 있으니. (데스데모나에게) 여보, 이리 오시오. 결혼식이 끝났으니 열매를 거둡시다. 우리 두 사람의 즐거움이 결실을 맺는 거라오. (캐시오에게) 나는 가네. (오셀로, 데스데모나, 시종들 퇴장)

이아고 등장.

캐시오 잘 왔네, 이아고. 어서 순찰을 가세.

이아고 아직 시간이 남았는데요, 부관님. 열 시 전입니다. 장군께서는 부인 데스데모나와의 사랑을 위해 우릴 일찍 풀어주셨군요. 지극히 당연한 일이죠. 결혼 후 여태 부인과 사랑의 단꿈을 나누지 못하셨으니 말이에요. 주피터 신도 반할 만한 미인이십니다.

캐시오 정말 눈이 부시더군.

이아고 장난기도 넘쳐 보이던데요.

캐시오 정말이지, 청초하고 섬세하시더군.

이아고 눈은 어떻구요! 그 눈을 보고 있자니 마음이 홀리는 것 같습다.

캐시오 매혹적인 눈이야. 하지만 퍽 정숙해 보이던데.

이아고 그녀의 말소리를 듣고 있으면 마치 사랑을 재촉하는 종소리 같죠?

캐시오 완전무결한 미인이시지.

이아고 행복이여, 그들의 잠자리에 흘러넘쳐라! 저, 부관 나리, 여기 술이 좀 남아 있는뎁쇼. 그런데 저기 바깥에 키프로스의 멋쟁이 몇 사람이 흑인장군 오셀로의 건강을 축하하며 건배하겠다고 기다리고 있습니다.

캐시오 오늘 밤은 안 돼, 이아고. 나는 술에 약해서 금세 취해버리거든. 그래서 난 늘 남들을 대접하는 다른 방식의 예절이 있었으면 하고 바라고있어.

이아고 하지만 그들은 우리 친구들인데요. 꼭 한 잔만 합시다. 부관님 대신 제가 마시죠.

캐시오 실은 오늘 밤 딱 한 잔 마셨는데 벌써 휘청거리고 있어. 그것도 물에 타서 마셨는데 이 지경이란 말야. 나는 술만 마시면 이렇게 약골이 되니, 가뜩이나 약한데 더 무리하고 싶지 않다니까.

이아고 원, 부관님도! 잔칫날이에요, 오늘은. 우리 친구들도 한잔 하고 싶다는데 왜 이러십니까?

캐시오 어디에 와 있는가?

이아고　문 앞에요. 불러들이세요.

캐시오　그러겠다만 썩 내키진 않는군. (퇴장)

이아고　이미 오늘 밤 한 잔 들이켰다니, 녀석에게 한 잔만 더 들어부으면 우리 아가씨 댁 강아지 모양 허연 이를 드러내고 닥치는 대로 물고 뜯고 싸울 것이다. ……자, 그런데 사랑에 멍든 로더리고 바보 녀석도 상사병으로 마음이 뒤죽박죽이 되어 있는지라, 오늘 밤 데스데모나를 위한답시고 한 되들이 술을 꿀꺽꿀꺽 마시고는 야경을 돌러 갔거든. 게다가 키프로스의 왈패 녀석들이 세 명이나 왔는데, 모두 집안 좋고 콧대 세고 우악스러운 놈들이거든. 철저하게 명예만을 생각하는 놈들이지. 싸움판을 좋아하는 키프로스 출신 싸움패들 아닌가. 요 녀석들한테도 오늘 밤 잔이 철철 넘치도록 들어부어놨겠다. 그런데 이 녀석들도 야경을 돈다니, 이 주정꾼들 틈에 캐시오를 풀어놓는단 말씀이야. 그러면 온 섬이 발칵 뒤집혀지겠지.

　캐시오, 몬타노, 신사들 등장. 하인들이 술을 들고 따라 들어온다.

왈패들이 오는구나. 내 생각대로 일이 진행되면 내 배는 순풍에 돛달고 화살처럼 달리는 거다.

캐시오　진탕 마셨소이다.

몬타노　소꿉장난 같은 술잔으로 드시구 무슨 말씀이십니까? 난 군인답게 세 홉들이 잔으로 마시지 않았겠소.

이아고　술이다, 술! (노래한다)

술잔을 울려라 땡그랑 땡땡

술잔을 울려라 땡그랑 땡

군인도 사람이다,

인생은 짧다.

그러니 마셔라, 마셔라, 군인이여.

야, 술 가져오라고!

캐시오 신나는 노래구나.

이아고 이 노래는 영국에서 배웠어요. 영국 사람들은 정말로 술이 셉디다. 덴마크 사람, 독일 사람, 그리고 배 뚱뚱이 네덜란드 사람도 ─자, 마셔요, 마셔 ─ 영국 사람은 못 당해요.

캐시오 영국 사람은 술이 그렇게 센가?

이아고 그럼요, 덴마크 놈쯤 이기는 일은 식은 죽 먹기랍니다. 독일 놈들 해치우는 데는 땀 한 방울 흘리지 않죠. 네덜란드 사람이 술에 취해 끄윽끄윽 토하고 있을 때 영국 사람은 어느새 잔을 비우고 또 한잔 들고 있지요.

캐시오 장군의 건강을 위하여!

몬타노 부관, 나도 합세하죠. 당신의 상대가 돼주리다.

이아고 아아, 아름다운 영국이여! (노래한다)

스티븐 왕은 귀하신 몸

입으신 바지는 일 크라운짜리

그래도 육 펜스 비싸다고요.

양복장이 호되게 야단맞았네.
높으신 어른도 이 모양이니
형편없는 당신은 어림도 없다.
오만한 사람이 나라 망치니
허름한 외투로 참고 견뎌라.
술이다, 술!

캐시오 그 노래는 더 멋지구나.

이아고 다시 들으시겠소?

캐시오 아냐, 그런 짓을 하는 자는 임금이 될 자격이 없어. 여하튼 좋아.
하느님이 내려다보고 계시지. 그러니 구제받을 놈도 있고 버림
받을 놈도 있는 거야.

이아고 맞았습니다, 부관님.

캐시오 그런데 말야 — 장군님이나 높으신 분들에게는 미안하지만 —
나는 구제받은 몸이야.

이아고 부관님, 저도 그렇습니다.

캐시오 미안한 말이지만, 자네 차례는 나 다음이야. 부관이 기수보다는
먼저 구제되는 법이니까. 이런 얘기는 집어치우자. 우리의 임무
에 대해서 말하겠다. 하느님, 우리들의 죄를 용서해주소서. 여러
분, 우리의 임무를 잊어서는 안 됩니다. 여러분, 내가 취했다고 생
각하면 안 됩니다. 이 사람이 내 기수요, 요것이 내 오른손, 이건
왼손, 난 아직 안 취했어. 반듯하게 설 수도 있고 말도 할 수 있어.

일 동 그럼요, 그럼요.

캐시오 역시 말짱하구나. 좋았어, 내가 취했다고 생각하면 안 돼. (퇴장)

몬타노 여러분, 야경 장소로 갑시다. 자, 다들 야경 돌 준비를 합시다.

이아고 방금 저쪽으로 간 양반 보셨어요? 저 양반은 시저 옆에서 지휘를 해도 손색이 없는 군인이죠. 그런데 보셨다시피 주책바가지죠. 좋은 점과 나쁜 점이 꼭 반반이랍니다. 딱한 일이죠. 오셀로 장군은 저 양반을 철석같이 믿고 있습니다만 저런 추태를 부리면서 온 섬에 소동을 피울까 봐 염려됩니다.

몬타노 가끔 저러는가?

이아고 저것이 서곡이죠. 곧 잠들어버릴 겁니다. 술에 취하지만 않으면 낮밤을 꼬박 야경을 서도 끄떡도 하지 않습니다.

몬타노 장군께 그 사실을 귀띔해드리는 게 좋겠군. 아마 모르고 계실 테지. 알고 계시더라도 장군께서 아량을 베풀어, 좋은 점만 높이 사고 나쁜 점은 덮어두는 게 아니겠어, 안 그래?

　　　로더리고 등장.

이아고 (로더리고에게 방백) 어떻게 된 영문이에요, 로더리고? 어서 부관 뒤를 쫓아요! (로더리고 퇴장)

몬타노 고매하신 무어 장군께서 고질병이 있는 저런 자를 자신의 부관 자리에 앉힌 것은 유감스러운 일이오. 장군에게 직언해두는 것이 좋을 듯하오.

이아고 이 아름다운 섬을 몽땅 준다 해도 저는 그럴 수 없습니다! 저는 캐시오 부관님을 좋아하거든요. 어떻게 해서든 그 버릇을 고쳐주고 싶은 생각뿐입니다.

안에서 고함소리. "사람 살려! 사람 살려!"

이게 무슨 소린가?

　　캐시오가 로더리고를 쫓아 들어온다.

캐시오　이 악당 놈아! 깡패야!

몬타노　부관, 왜 그러시오?

캐시오　이놈이 건방지게도 본관에게 이래라저래라 명령을 하는 겁니다.
이놈을 때려눕혀 술병 속에 처넣어야지.

로더리고　나를 때려?

캐시오　그래도 이놈이 주둥아리를 놀려? 망할 자식. (로더리고를 때린다)

몬타노　이봐요, 부관, 그만두게.

캐시오　놔요, 놔. 이 손 치우지 않으면 네놈의 골통을 부숴놓겠어.

몬타노　이봐. 자네 취했군그래.

캐시오　내가 취했다고! (두 사람 싸운다)

이아고　(로더리고에게 방백) 저리 가시오. 가서 큰일났다고 아우성을 쳐요.
(로더리고 퇴장) 보세요, 부관님. 여보세요! 좀 도와주시오! 부관님!
여보세요, 몬타노 양반! 젠장, 야경들 아주 잘들 보는군! (종이 울
린다) 종을 치는 자가 누구냐? 망할 자식! 온 시민들이 다 깨겠네.
부관님, 부탁입니다, 참으세요! 평생 후회하실 겁니다!

　　오셀로와 무장을 한 시종들 등장.

오셀로　무슨 일이냐?

몬타노　제기랄, 피가 철철 흐르네. 난 치명상을 입었다.

오셀로 그만두지 않을 텐가!

이아고 그만둬요, 부관님, 몬타노 양반. 두 분 다 지위도 임무도 다 잊으셨어요? 그만두세요! 장군님 말씀이 안 들리세요? 제발 그만두세요!

오셀로 여보게들, 이게 무슨 짓들이야! 어째서 이런 일이 일어났는가? 모두들 터키 놈으로 둔갑했는가? 하느님이 터키 놈들에게 금지시킨 짓을 동족에게 하고 있으니, 어찌 된 일이야? 기독교인의 수치다. 소동을 멈춰라. 홧김에 소란을 피우는 자는, 목숨이 아깝지 않은 모양인데, 꼼짝했다가는 한칼에 베어버릴 테다. 저 끔찍한 종소리를 멈추게 하라. 온 섬이 겁에 질려 소동이 나면 어떡하느냐? 도대체 어떻게 된 셈이냐? 근심 걱정으로 사색이 된 이아고, 정직하니 말하라. 누가 이 싸움을 시작했는가? 날 위하거든 바른 대로 말해!

이아고 저도 잘 모르겠습니다. 이 두 사람은 조금 전까지만 해도 서로 사이가 좋았습니다. 마치 신방에 들어가는 신랑 신부처럼 사이가 좋았습니다. 그런데 갑자기, 마치 어떤 별의 힘에 의해 정신이 나간 사람들처럼 칼을 빼더니 서로의 가슴팍을 노리면서 피투성이가 되어 싸우기 시작했습니다. 그런데 이 같은 어리석은 싸움이 어떻게 해서 시작되었는지에 대해서는 저도 모르겠습니다. 저도 헐레벌떡 싸움판에 뛰어들어 말렸습니다만, 여기까지 뛰어온 이 다리가 아까울 지경입니다. 차라리 영광스러운 전쟁터에서 이 다리를 잃어버렸으면 좋았을 뻔했어요.

오셀로 어찌 된 영문이냐? 마이클? 물불을 가리지 못하고 있으니.

캐시오 용서하십시오, 장군님. 드릴 말씀이 없습니다.

오셀로 몬타노 당신은 예의범절을 갖춘 사람이었소. 젊은 사람답지 않게 근엄하고 신중하다는 것은 모두 인정하고 있으며, 지각 있는 사람들은 당신을 칭찬하고 있소. 그런데 이게 무슨 짓이오? 그 좋은 평판을 내동댕이치고 고매한 당신이 밤도둑이나 행할 듯한 이런 수치스러운 짓을 저질렀으니? 무슨 곡절이 있었는지 말해 보시오.

몬타노 오셀로 장군님, 저는 지금 중상을 입었습니다. 각하의 부하인 이아고가 다 말씀드릴 겁니다—전 숨이 답답해서 말을 할 수 없습니다—오늘 밤, 저는 경우에 어긋난 말이나 행동을 한 것 같지 않습니다. 자기 자신을 아끼는 일이 나쁜 일이 아닐진대, 폭력을 막는 정당방위가 어떻게 죄가 될 수 있겠습니까?

오셀로 냉정하게 참고 있으려 했지만 도저히 못 참겠군. 감정이 폭발해서 이성을 짓누르고 있으니, 내가 팔을 쳐들기만 하면 어떤 놈이든 단칼에 박살이 날 것이다. 어리석은 이 싸움이 어떻게 해서 일어나게 되었는지 말하라. 누가 시작하였느냐? 사건을 일으킨 책임이 누구에게 있느냐? 그놈이 비록 내 쌍둥이 형제라 할지라도 용서하지 않겠다. 이게 무슨 짓들이냐! 전쟁의 와중에 있는 이곳에서, 아직도 모든 일이 어수선해서 사람들의 마음이 공포에 질려 있는 이 판국에, 치안을 살피는 야경대 본부에서 사사로운 일로 한밤중에 싸움을 벌이다니. 해괴망측한 일이다. 이아고, 누가 싸움을 걸었느냐?

몬타노 편견과 동료애 때문에 조금이라도 사실에 어긋난 진술을 하면 넌 군인이 아니다.

이아고 너무 윽박지르지 마십시오. 마이클 캐시오 부관님에게 불리한 증언을 할 바에야 차라리 이 혓바닥을 뽑아버리지요. 제 생각으로는 사실 그대로 말한다 하더라도 부관님에게 불리하진 않을 것 같습니다. 장군님, 사건의 진상은 이렇습니다. 몬타노 양반과 제가 이야기를 나누고 있는데 누군가가 살려달라고 고함을 지르며 뛰어들었습니다. 캐시오 부관님은 그놈을 뒤쫓고 칼을 휘두르며 죽이겠다고 소동을 부렸습니다. 그때 이 양반이 끼어들어 참으라고 타일렀죠. 저는 고함을 지른 그놈의 뒤를 밟았습니다. 그놈 때문에 시내가 소란해지면 안 되겠다고 생각했기 때문이죠. 결과는 이렇게 되고 말았습니다만. 그런데 그놈은 여간 빠르질 않았어요. 그래서 전 단념하고 돌아왔지요. 그럴 수밖에 없었던 것이 칼싸움을 하는 소리에다 캐시오 부관님의 떠드는 소리가 들렸기 때문입니다. 이런 일은 생전 처음입니다. 돌아와 보니 —곧 돌아왔습니다만— 두 분이 한데 붙어 치고 밀고 야단이 났더군요. 그 싸움이 시작될 즈음 장군께서 오셔서 떼어놓으신 겁니다. 그 이상은 저도 알 수가 없습니다. 그러나 인간인 이상 누구나 때로는 이성을 잃을 수도 있습니다. 비록 캐시오 부관님이 약간 잘못을 저질렀다 하더라도 화가 치밀 땐 자기에게 호의를 베푼 사람을 칠 수도 있는 거지요. 아마 캐시오 부관님은 도망친 놈으로부터 심한 모욕을 당해서 도저히 자신을 억제할 수 없었던 모양입니다.

오셀로 알겠다, 이아고. 자네는 성실하고 인정이 많아서 이 일을 되도록

줄여서 캐시오를 두둔하려 드는구나. 캐시오, 나는 너를 아껴왔
는데 앞으로는 내 부관으로 그대로 둘 수 없겠다.

　　　데스데모나, 시종을 데리고 등장.

보아라, 내 아내까지 깨우지 않았느냐! 너는 호되게 벌을 받아야
한다.

오셀로　　다 끝났소. 걱정 마오. 자, 침실로 갑시다. (몬타노에게) 그대의 상
처는 내가 직접 돌봐드리리다. (몬타노, 부축을 받으며 퇴장) 이아고,
시내를 순찰하며 이 고약한 소동으로 들뜬 시민들을 진정시키
게. 갑시다, 데스데모나. 군인의 생활은 사건이 일어나면 한밤중
에라도 단잠을 깨고 일어나야 하는 거라오. (이아고와 캐시오만 남고
모두 퇴장)

이아고　　부관님, 다치지 않으셨습니까?

캐시오　　치료해도 소용없게 되었네.

이아고　　그런 소리 마십쇼.

캐시오　　명예, 명예, 명예! 아, 나는 명예를 잃어버렸네! 내 안에 있는 가
장 귀한 것을 잃었으니 나는 짐승과 다름없는 몸이야. 명예를,
이아고, 명예를 잃었어.

이아고　　저는 고지식한 놈이라, 부관께서 몸에 상처를 입으셨다는 줄 알
았습니다. 그런 상처가 명예의 상처보다 더 아프지 않습니까?
명예 같은 것은 소용없습니다. 거짓이고 겉치레죠. 아무런 공로
없이 얻을 수도 있고, 아무 이유도 없이 빼앗길 수도 있죠. 부관
께서 명예를 잃었다고 스스로 단정하기 때문에 그런 생각이 드

는 것이지, 정말로 명예를 잃은 것은 아닙니다. 자, 부관님! 장군의 신임을 회복할 수 있는 길은 얼마든지 있습니다. 장군님은 그저 일시적인 기분으로 면직시키신 것뿐일 겁니다. 부관님이 미워서가 아니라 정책상 처벌하신 것뿐입니다. 우쭐대는 사자를 혼내주기 위하여 죄 없는 개를 때리는 것과 같죠. 장군에게 한번 탄원해보십시오. 꼭 들어주실 겁니다.

캐시오 차라리 경멸해달라고 사정하고 싶다. 이토록 경망한 술주정뱅이, 채신머리없는 장교, 이런 놈을 부관으로 앉혀 놓은 훌륭하신 지휘관을 속일 수는 없어. 술에 취해 허튼소리나 지껄이고, 욕설을 퍼부으며 제 그림자 보고 큰소리나 꽝꽝 치는 놈! 아, 눈에 보이지 않는 술의 신이여, 너의 이름을 알 수 없으니 너를 악마라 부르겠다.

이아고 칼을 빼들고 부관님이 쫓으시던 그놈은 누굽니까? 부관님에게 뭐라고 하던가요?

캐시오 모르겠다.

이아고 모르시겠다니, 이상한뎁쇼?

캐시오 이것저것 생각이 잔뜩 엇갈릴 뿐 한 가지도 똑똑히 기억나는 게 없어. 싸움을 하긴 했는데, 왜 싸웠는지 모르겠어. 아아, 인간이란 우스워. 입안에 원수 같은 술을 잔뜩 퍼 넣고 정신을 홀랑 빼앗긴단 말이야. 좋아라 한바탕 술 마시고 즐기며 소동을 부리다가 제풀에 짐승으로 탈바꿈하고 마니!

이아고 하지만 지금은 멀쩡하시네요! 어떻게 금세 회복하셨어요?

캐시오 주정의 악마가 이번에는 분노의 악마에게 자리를 양보했지. 한 가지 결점이 사라지면 또 다른 결점이 나타나는 나 자신에 대해 넌덜머리가 난다.

이아고   그러지 마세요. 너무 도덕군자연하시면 곤란합니다. 하기야 때와 장소 그리고 현재의 국내 사정으로 보아 이런 사건이 일어나지 않았다면 더 좋았겠죠. 그러나 이미 엎질러진 물이니 수습책이나 강구하셔야겠습니다.

캐시오   한 번 더 장군님에게 복직을 부탁해보겠다. 그분은 내게 주정뱅이라고 말씀하시겠지. 나에게 히드라(헤라클레스가 퇴치한 머리가 여럿 달린 뱀-역자 주)와 같이 입이 여러 개 있다 하더라도 그렇게 나오시면 할 말이 없지. 정신 멀쩡한 사람이 어느새 바보가 되어서 금세 짐승처럼 돼버리다니! 아, 참으로 이상한 일이야! 술은 악마다!

이아고   이것 보세요, 부관님. 적당히 마시기만 하면, 좋은 술은 약이 되는 법이에요. 술에 대한 악담은 그만큼 해두세요. 그리고 부관님, 저는 부관님을 좋아합니다. 부관님도 그걸 알고 계시죠?

캐시오   그건 잘 알고 있어. …… 아, 난 취했었어!

이아고   부관님뿐만 아니라 살다 보면 누구라도 때로는 취하게 마련입니다. 제가 말씀드리는 대로 해보세요. 지금은 말이에요, 장군님 부인이 바로 장군이십니다. 왜냐하면 부인께서 하도 아름답고 재치가 뛰어나 장군께서는 넋을 잃고 쳐다보고 계시기 때문입니다. 그러니 부인에게 가서 솔직하게 털어놓으세요. 복직시켜 달라고 부인에게 도움을 청하시라고요. 부인은 얌전하고 친절하며, 마음이 약하고 순진하셔서 부탁받은 일 이상으로 해주지 않고는 못 배길 분이세요. 장군님과 부관님을 잇는 관절이 부러졌으니 부인한테 부탁해서 다시 이어달라시라구요. 저의 전 재산을 무엇에다 걸어도 좋습니다. 두 분의 사이가 일단 금이 가긴 했지만 다시 그전보다 더 강해질 수 있다는 것을 단언할 수 있습니다.

캐시오 충고의 말 고마우이.

이아고 진심에서 하는 소립니다. 부관님을 위해서죠.

캐시오 나도 그렇게 생각하네. 내일 아침 일찍 데스데모나 부인에게 부탁드려 보지. 그 일이 어그러지면 내 운명도 끝나는 거다.

이아고 옳으신 말씀입니다. 그러면 저는 물러가겠습니다, 부관님. 야경이나 돌아야겠습니다.

캐시오 충직한 이아고, 잘 가게. (퇴장)

이아고 이쯤 되면 누가 나를 악한이라고 말할 수 있겠어? 나는 솔직하게, 성실하게 충고해줬을 뿐이야. 내 생각이 그럴듯한 이상 무어 녀석의 환심을 다시 사는 건 쉬운 일이지. 데스데모나를 구슬러 도움을 청하는 일은 누워서 떡 먹기야. 그 여자는 마음이 관대하고 시원시원해서 봄바람을 대하는 기분이지. 그 여자의 입을 빌려 무어 녀석을 완전히 설복시키는 거야. 세례받은 것도 취소하고 속죄의 신표까지 전부 포기하라 해도 꼼짝없이 할걸. 무어 녀석은 그 여자를 사랑하는 마음에 쏙 빠져 무엇을 하든 그 여자 처분대로지. 그 여자 마음대로 조종할 수 있거든. 그 녀석의 약한 마음에 비하면 그 여자는 여신처럼 전지전능해. 그런데 어째서 내가 악한이란 말인가? 캐시오에게 도움이 되는 이 계획을 짜낸 내가! 지옥에서 만난 천사지. 악마들이 극악무도한 대죄악을 인간에게 씌우려고 할 때는 천사의 마음을 빌려서 나타난다지. 꼭 지금의 내 입장과 같군. 그 얼간이 자식이 팔자를 고치려고 데스데모나에게 손이 발이 되도록 빌고 있을 때, 그리고 그녀는 그녀대로 무어 녀석에게 강력히 호소하고 있을 때, 나는 그놈 귀에다 독을 퍼 넣어야지. 즉 부인께서 캐시오를 복직시키려고 저토록 몸이 달아 있는 건 실상 욕정이 살살 일어나기 때문입니다, 하고 말씀이야. 이렇게 되면, 그 여자가 캐시오를 위해서 등골이 빠져라고 애를 쓸수록 무어 녀석은 점점 의혹을 품게 되는 거야. 그 여자의 정절을 악덕으로 변질시키고, 그 여자의 선심을 미끼로 하여 그들을 일망타진하는 것이다.

로더리고 등장.

로더리고 여기까지 바싹 붙어 쫓아와 봤지만, 내 역할은 표적을 향해서 달려드는 사냥개가 아니라 옆에서 멍멍 짖기만 하는 단역이라는 것을 알았네. 돈도 거의 다 써버린 데다, 오늘 밤에는 늘씬하게 얻어터지기까지 했잖은가. 괴로운 맛을 실컷 본 대신 경험은 쌓았어. 돈은 바닥이 났지만, 지혜는 좀 생긴 듯해. 그래서 보따리를 다시 싸가지고 베니스로 돌아갈 작정이네.

이아고 그렇게도 참을성이 없다니, 정말 딱한 노릇이군요! 한꺼번에 낫는 상처 봤소? 우린 마술을 쓰는 것이 아니라 머리를 써서 차근차근 일을 진행시키고 있다는 걸 알고 계시지 않습니까? 이런 일은 시간이 지나봐야 판가름 나는 거예요. 제대로 안 되고 있다고요? 캐시오에게는 얻어맞았다고 합시다. 조금 얻어맞은 덕에 캐시오가 부관직에서 쫓겨나지 않았소? 다른 계획도 햇발이 좋아 착착 진행 중이지만, 가장 먼저 꽃 핀 것이 가장 먼저 열매 맺는 법이거든요. 조금만 더 참고 견디세요. 아, 벌써 아침이군. 유쾌하고 분주하다 보니 시간이 빨리 가네요. 자, 돌아가세요. 정해진 부서로 가시라고요. 가시라니까요. 나중에 알려드릴게요. 자, 가세요. (로더리고 퇴장) 두 가지 할 일이 남아 있다. 우리 여편네를 시켜서 캐시오가 데스데모나를 만나도록 주선해야지. 그동안에 나는 무어 녀석을 끌고 나와 캐시오가 한창 데스데모나를 설득시키고 있는 장면으로 끌어들인단 말이야. 요것이 묘수(妙手)로다! 멍청하게 있다가 때를 놓쳐 일을 그르쳐선 안 되지. (퇴장)

제3막

제1장 성 앞

캐시오와 악사들과 어릿광대 등장.

캐시오 여보게 악사들, 여기서 한 곡조 연주하게나. 사례는 톡톡히 할 테니. 짧은 곡목이 좋겠군. 그 곡이 끝나면 '장군님, 안녕하십니까?' 하고 인사를 드리게. (그들, 음악을 연주한다)

어릿광대　아니, 악사 양반들, 그 악기들은 나폴리에 갔다가 몽땅 병에 걸렸나보지? 어째 코맹맹이 소리가 나와?

악사 1　뭐가 어떻다고 그러시우?

어릿광대　그 악기는 언제나 붕붕 소리만 나나?

악사 1　그렇소.

어릿광대　꼬리가 붙어 있는 게로군.

악사 1　꼬리가 붙다니요?

어릿광대　붕붕 소리가 나는 물건 옆에는 대개 무엇이 달려 있거든. 그러나 저러나 돈이나 받으시오. 장군께서는 음악이 너무나 마음에 드셨는지 더 이상 소리를 내지 말라는 분부시오.

악사 1　좋습니다, 그만두죠.

어릿광대　소리 안 나는 음악이 있으면 연주해도 좋아. 하지만 장군께서는 음악에는 별 관심이 없으셔.

악사 1　소리 안 나는 음악이 어디 있습니까?

어릿광대　그렇다면 주머니 속에 피리를 집어넣어. 나는 가야겠다. 가라, 이놈들아. 꺼져버려! *(악사들 퇴장)*

캐시오　여보게, 충직한 친구, 내 말 좀 들어주겠나?

어릿광대　당신의 충직한 친구의 말은 들을 수 없어도 당신의 말은 들을 수 있으니 말해보시오.

캐시오　농담은 그만두게. 얼마 안 되는 돈이지만 이걸 받아두게. 장군 부인의 하녀가 일어났거든, 캐시오라는 자가 잠깐 만나 이야기를 나누고 싶어 한다고 전해주게. 나를 위해서 이 일을 좀 해주겠나?

어릿광대　하녀는 일어나 있죠. 그녀가 이곳에 나오면 그렇게 기별해드리죠.

캐시오 좋아, 부탁하네. (어릿광대 퇴장)

　　　이아고 등장.

이아고, 마침 잘 왔네.

이아고 주무시지도 않았습니까?

캐시오 어떻게 잠을 자겠나. 자네와 헤어지기도 전에 이미 날이 밝았는
데. 이아고, 나 큰마음 먹고 자네 부인을 만나려고 사람을 보냈
네. 데스데모나 부인을 만나게 해달라고 부탁할 참이야.

이아고 제가 곧 이곳으로 보내겠습니다. 어떻게 해서든 무어 장군은 다
른 곳으로 따로 모시겠습니다. 그래야 부관님께서 이야기를 나
누거나 용무를 보시는 데 편할 테니까요.

캐시오 정말 고맙네. (이아고 퇴장) 내 고장 플로렌스에 저렇게 친절하고
정직한 사람은 없을 거야.

　　　에밀리아 등장.

에밀리아 안녕하십니까, 부관님? 이번 일은 퍽 안타깝게 되었군요. 하지
만 모든 일이 잘 돼 나갈 겁니다. 장군님과 부인께서는 줄곧 그
일에 대해서 이야기를 나누고 계십니다. 부인께서는 부관님을
옹호하고 계시죠. 장군께서는, 부관님이 상처를 입히신 분은 키
프로스에서 아주 저명한 인사라 고위층 분들과 관계가 깊다는
것입니다. 그래서 파면시키는 것이 타당한 일이라는군요. 그러
나 부관님을 아끼고 계시니 누가 부탁하지 않더라도 적당한 시

기에 다시 복직시켜주겠노라고 말씀하셨습니다.

캐시오   그렇지만 부탁이오, 괜찮다면 잠깐이라도 좋으니 데스데모나 부인과 단둘이 얘기할 기회를 좀 만들어줄 수 없겠소?

에밀리아   안으로 들어오세요. 마음껏 얘기하실 수 있는 장소로 안내해 드리지요.

캐시오   정말 고맙소. (퇴장)

제2장 같은 장소

오셀로, 이아고, 신사들 등장.

오셀로   이아고, 이 서류들을 선장에게 주어 그로 하여금 원로원에 전하도록 부탁하게. 그 일이 끝나면, 나는 성 안을 거닐고 있을 테니 그곳으로 오게.

이아고   네, 알겠습니다. (퇴장)

오셀로   여러분, 이 성 안을 한 바퀴 돌아볼까요?

신사들   네, 가십시다. (일동 퇴장)

제3장 같은 장소

데스데모나, 캐시오, 에밀리아 등장.

데스데모나 안심하세요, 캐시오 님. 최선을 다해보겠어요.

에밀리아 부탁합니다, 부인. 제 남편도 자신의 일처럼 걱정을 태산같이 하고 있답니다.

데스데모나 참 성실한 사람이군요. 캐시오, 걱정 마세요. 우리 집 주인 양반과 당신 사이가 다시 옛날처럼 돌아갈 수 있도록 도와드릴게요.

캐시오 부인, 감사합니다. 마이클 캐시오는 앞으로 어떤 일이 일어나더라도 부인에게 충성을 다하겠습니다.

데스데모나 알고 있어요, 고마워요. 당신은 우리 집 양반을 따르고 있는데다, 오랫동안 사귀어온 사이니 걱정할 것 없어요. 비록 그분이 당신에게 서먹서먹하게 거리를 두더라도 그것은 남의 이목이 있어서 그러려니 하고 생각하세요.

캐시오 알겠습니다. 그러나 부인, 세상의 이목 때문에 하는 행동도 너무 길어지면, 그 사이에 부질없는 뜬소문으로 마음이 동하고 하잘 것 없는 일에서 뿌리가 내리는 법입니다. 그러니 제가 옆에 없는 동안 다른 사람이 대신 보필하게 되어, 장군께서 저의 성의와 공로를 씻은 듯이 잊어버릴 수도 있지 않겠습니까?

데스데모나 아, 그런 걱정은 마세요. 여기 있는 에밀리아가 증인이에요. 틀림없이 복직시켜 드리겠습니다. 염려 마세요. 친구가 된 이상 끝까지 도와드리겠어요. 우리 주인이 주무시지 못하게 밤새껏 보채겠어요. 들어주실 때까지 물고 늘어질 작정이에요. 잠자리에 들어서도, 식탁에 앉아서도 그분이 하는 모든 일마다 쫓아다니며 당신의 청원을 부탁드려 보겠어요. 캐시오 님, 용기를 내세요. 이 일을 부탁받은 이상 목숨이 끊어질 때까지 해볼 작정이니까요.

오셀로와 이아고 등장.

에밀리아　부인, 장군께서 오십니다.

캐시오　부인, 저는 이만 실례하겠습니다.

데스데모나　왜요? 가지 마시고 끝까지 얘기를 들으세요.

캐시오　부인, 지금은 마음이 편치 않아 제 소원을 말씀드리기에 적당치 않습니다.

데스데모나　좋도록 하세요. (캐시오 퇴장)

이아고　저런! 저건 또 무슨 짓이야!

오셀로　무슨 일이냐?

이아고　각하, 아무것도 아닙니다. 실은…… 저, 별것 아닙니다.

오셀로　방금 내 아내와 헤어진 자가 캐시오 아닌가?

이아고　캐시오라구요? 그럴 리가 있겠습니까? 그분이라면 장군님이 오신다고 해서 죄지은 사람처럼 몰래 도망칠 리 없잖겠습니까?

오셀로　틀림없이 캐시오다.

데스데모나　여보, 기분은 좀 어떠세요? 방금 청원하러 온 사람과 얘기를 나누고 있었어요. 당신의 비위를 건드려 비관하고 있는 사람이지요.

오셀로　누구 말이오?

데스데모나　캐시오 부관 말입니다. 저에게 은덕과 당신을 설득시킬 만한 힘이 있음을 당신이 인정하신다면, 캐시오를 용서해주세요. 캐시오는 정말로 당신에게 충성을 바치고 있습니다. 자신도 모르게 잘못을 저지른 것이지 결코 고의적으로 그런 게 아닐 겁니다. 진지한 그의 얼굴을 보면 금세 그걸 알 수 있지요. 부탁이에요, 캐시오를 복직시켜주세요.

오셀로　방금 밖으로 나갔소?

데스데모나　네, 너무 풀이 죽어 있어서 함께 있던 저까지도 슬퍼졌습니다.

오셀로　지금은 안 되오. 달리 기회를 봅시다.

데스데모나　하지만 쉬 되겠지요?

오셀로　당신 부탁이니, 되도록 빨리 합시다.

데스데모나　오늘 저녁식사 때는 어떠세요?

오셀로　안 돼, 오늘 저녁은 안 되오.

데스데모나　내일 오찬 때는요?

오셀로　내일 점심은 집에서 할 수 없소. 성에서 장교들과 회식이 있으니.

데스데모나　그러시다면 내일 저녁이나 화요일 아침이나 오후나 저녁, 아니면 수요일 아침쯤에 결정해주세요. 제발 시간을 정해주세요. 사흘을 넘기면 안 돼요. 캐시오는 진심으로 후회하고 있어요. 캐시오의 죄라는 것도 그렇죠. 보통 때 같으면 — 하기야 전시 중에는 일부러 빼어난 사람들에게 본보기로 벌을 준다죠 — 면직시킬 정도로 큰 죄는 아니잖아요. 언제 캐시오를 부를까요, 오셀로? 어서 말씀하세요. 당신이 제게 이토록 간절히 부탁을 하시면 전 절대로 거절할 수 없을 거예요. 오라, 마이클 캐시오는 당신이 저에게 청혼하실 때 함께 왔었죠. 제가 당신의 험담을 할 때마다 그는 언제나 당신 편을 들어주었어요. 그런 사람을 복직시키는 데 이토록 시간이 오래 걸리다니! 정말이지 저 같으면……

오셀로 그만큼 해둡시다. 오고 싶을 때 오라고 해요. 당신 말이라면 나는 무엇이든 거절할 수 없으니까.

데스데모나 글쎄, 대단한 은혜라도 베풀어달라는 것이 아닙니다. '장갑을 끼세요' 라든지, '영양가 있는 음식을 드세요' 라든지, '몸을 따뜻이 하세요' 라든지, 또는 '몸조심하세요' 따위의 부탁과 똑같은 성질의 것입니다. 당신의 애정을 시험해볼 양이면, 그야말로 중대하고 어려운, 좀처럼 받아들이기 힘든 것으로 부탁하겠지요.

오셀로 당신에게 무엇을 거절할 수 있겠소? 그러니 내 부탁도 좀 들어주구려. 잠시만이라도 나 혼자 있게 해줄 수 없소?

데스데모나 제가 그 부탁을 거절하겠어요? 천만에요. 저리 가 있겠습니다.

오셀로 그럼 데스데모나, 곧 뒤따라가리다.

데스데모나 에밀리아, 이리 좀 와봐. (오셀로에게) 마음 내키는 대로 하십시오. 무슨 말씀을 하시더라도 저는 그대로 따르겠어요. (데스데모나와 에밀리아 퇴장)

오셀로 참으로 귀여운 것! 당신을 사랑하지 않는다면, 난 지옥으로 떨어지고 말 거야! 그리고 내가 당신을 사랑하지 않게 될 때 이 세상은 암흑천지가 될 거야.

이아고 각하…….

오셀로 뭔가, 이아고?

이아고 마이클 캐시오 님은 각하께서 부인께 구혼하실 때 두 분 사이를 알고 계셨습니까?

오셀로 알고 있었지, 처음부터 끝까지. 그건 왜 묻는 거지?

이아고 그저 저 혼자 뭣 좀 생각하느라고요. 나쁜 뜻은 전혀 없습니다.

오셀로 생각하다니? 뭘 말인가, 이아고?

이아고 캐시오 님이 부인과 본래 아는 사이였다는 것을 미처 몰랐습니다.

오셀로 다 알고 있었지. 우리 둘 사이를 어지간히 왕래했었으니까.

이아고 그랬습니까?

오셀로 그랬느냐고? 그래, 그랬어. 무엇이 못마땅한 건가? 그놈이 정직
하지 않단 말인가?

이아고 정직하다구요, 각하?

오셀로 정직하지! 그래, 캐시오는 정직했어.

이아고 제가 알기로는…….

오셀로 자넨 어떻게 생각하는데?

이아고 어떻게 생각하느냐고요?

오셀로 어떻게 생각하느냐고? (방백) 이놈이 내 말만 흉내내고 있네. 머
릿속에 어마어마한 생각이 꽉 들어차 있어 너무나 무서운 나머
지 입 밖에 내지 못하겠다는 시늉이야. (이아고에게) 자네 무슨 곡
절이 있는가 보군. 캐시오가 내 아내 곁을 떠날 때 자넨 '저건 또
무슨 짓이야!' 라고 말했지? 그 짓이 뭐길래 자네가 그토록 언짢
아했는가? 구혼 시절에 그가 내 상담역을 했다는 말에 그게 정말
이냐고 다그쳐 묻고. 미간을 잔뜩 찌푸리면서 말이야. 머릿속에
어떤 어마어마하고도 무시무시한 꿍꿍이속이 있는 것 같군. 자
네가 나를 좋아한다면, 속 시원하게 자네 생각을 털어놓아 보게.

이아고 각하, 제가 각하를 존경하고 있다는 것은 알고 계시죠?

오셀로 알고 있지. 자네의 충성심과 정직성은 나도 잘 알고 있네. 자네 입이 무겁다는 것도 알고 있고. 그러니 나는 자네가 입을 꼭 다물고 있을수록 마음이 불안스럽네. 거짓 충성을 맹세하는 놈에겐 이런 일은 흔히 있는 속임수지. 그러나 정직한 인간들은 속에서 불이 터져 못 견딜 때 그런 시늉을 해보인단 말이야.

이아고 마이클 캐시오 님은 맹세코 정직한 분입니다.

오셀로 나도 그렇게 생각한다.

이아고 인간은 겉보기와 같아야 한다고 생각합니다. 정직하지 않은 놈이 겉으로 정직한 척해선 안 되죠!

오셀로 그렇지. 인간은 겉과 속이 같아야 돼.

이아고 그렇다면, 물론 캐시오 님은 정직한 사람입니다.

오셀로 아니, 자네는 마음속에 무언가 숨기고 있어. 그것을 솔직히 털어놔 보게. 아무리 흉측한 일이라도, 아무리 험한 말이라도 좋으니.

이아고 각하, 용서해주십시오. 직무상의 일이라면 어떤 명령에도 복종하겠습니다만, 노예에게도 마음속에 지닌 생각을 털어놔야 할 의무는 없는 법이지요. 제 마음을 털어놓으라고요? 흉측하고 비뚤어진 생각인지도 모릅니다. 아무리 찬란한 궁전이라 할지라도 때로는 그 안으로 더러운 것이 스며드는 것과 같죠. 아무리 거룩한 마음속에도 때로는 불결한 잡념이 올바른 생각과 함께 자리 잡고 앉아 사람을 재판할 수 있는 겁니다.

오셀로 친구가 모욕당할 것을 알고 있으면서도 그것을 친구한테 귀띔해주지 않는다면, 이아고, 그것은 친구를 배반하는 짓이다.

이아고 각하, 부탁입니다. 제 말씀을 들어주십시오. 전 남의 약점을 후

비고 찾아내는 나쁜 버릇이 있습니다. 또 때로는 질투심 때문에 엉뚱한 짓을 꾸며 결백한 사람에게 잘못을 뒤집어씌우는 수도 있습니다. 따라서 저의 추측은 잘못일 수도 있습니다. 각하께서도 잘 판단하셔서, 이같이 당찮은 억측에는 신경 쓰지 마시고 확실치 않은 관찰로 어림잡아 하는 말에도 주목하시지 마십시오. 아무래도 제 생각은 입 밖에 내지 않는 게 좋겠습니다. 각하의 마음만 뒤숭숭하게 만들 뿐, 아무런 도움도 되지 않을 테니까요. 뿐만 아니라 저 자신도 남자답지 못하고 정직하지 못한 어리석은 놈이 되고 말 테니까요.

오셀로 그게 무슨 뜻인가?

이아고 각하, 남자건 여자건 간에 좋은 평판을 듣는다는 것은 영혼의 값비싼 보배를 갖는 것과 같습니다. 누군가 지갑을 훔쳐 간들 그건 쓰레기를 훔쳐 간 것이나 다름없죠. 그건 있고도 없는 것, 돈이란 내 것이었다가도 다른 사람의 것이 되기도 하며, 따지고 보면 이미 그 이전에 수천 명의 손을 거쳤을지도 모르는 일이니까요. 그렇지만 좋은 평판을 도둑맞았을 경우에는, 훔친 놈에겐 아무런 이득도 없지만 빼앗긴 쪽에서는 큰 손해를 보게 되지요.

오셀로 무슨 일이 있더라도 네 속마음을 알아내고야 말겠다.

이아고 그럴 수는 없습니다. 비록 제 마음이 각하의 수중에 들어있다 할지라도 그건 불가능한 일입니다. 하물며 지금은 제가 꼭 붙잡고 있는데 어림없는 일이지요. 아, 각하, 질투를 조심하세요! 그놈은 아주 기분 나쁜 눈빛을 지닌 흉물입니다. 사람의 마음을 집어삼키기 전에 실컷 즐기는 놈이지요. 아내를 탈취당하고도 그것이 팔자소관인 양 체념하고, 빼앗긴 아내에게 미련을 두지 않는 남편은 행복한 사람입니다. 그렇지만 깊이 사랑하고 있으면서도 의심을 갖고 의심하면서도 뜨겁게 사랑할 수밖에 없는 사람은 일 분 일 초가 얼마나 저주스럽겠습니까!

오셀로   오, 비참한 일이로다!

이아고   가난하지만 만족하고 사는 사람은 부자죠. 정말 부자입니다. 그러나 아무리 돈더미에 올라앉은 부자도 가난해질까 봐 벌벌 떨고 있으면 겨울 추위에 떠는 가난뱅이와 다름없죠. 아아, 제발 바라건대 세상의 인간들이 질투를 모르고 살았으면!

오셀로   왜 그런 소릴 하느냐? 너는 내가 앞으로 질투의 노예가 될 줄로 믿고 있느냐? 달이 모양을 바꿀 때마다 새로운 의심을 일으킬 줄 아느냐? 일단 의심이 생기면 단번에 해결 짓고 말 테다. 네가 말하는 그따위 억측에 마음이 끌려 괴로워할 나라면 차라리 염소 새끼가 되겠다. 내 아내가 아름답고 사교를 잘 즐기고 말솜씨가 있으며, 노래도 잘하고 악기도 잘 다루며 춤을 잘 춘다고 해서 내가 질투할 줄 아느냐? 정숙하면 그것이 미덕이다. 나 자신의 약점 때문에 아내가 배반하지 않을까 두려워하고 의심지지도 않는다. 왜냐하면 아내 스스로가 나를 선택했기 때문이다. 이아고, 나는 의심하기 전에 잘 살필 것이다. 일단 의심하게 되면 증거를 잡을 것이다. 증거만 잡히면 길은 한 가지뿐이다. 그 사랑을 버리든지 질투심을 버리든지 둘 중의 하나다!

이아고   그 말씀을 들으니 안심입니다. 이제야 비로소 제가 각하에 대한 충성심과 의무감으로 제 심정을 솔직하게 말씀드릴 수 있을 것 같군요. 증거가 있어서 말씀드리는 것은 아닙니다. 오로지 각하에 대한 의무감 때문입니다. 부인을 잘 살피십시오. 캐시오와 함께 있을 때 잘 관찰하십시오. 질투를 하는 것도, 안심하는 것도 아닌 그런 눈으로 그들을 주목하세요. 마음이 넓고 고상하며 너그러우신 각하께서 모욕당하시는 것을 저는 참을 수 없습니다. 조심하십시오. 저는 우리나라 사람들의 기질을 잘 알고 있습니다. 베니스에서는 이런 외도를 하늘에 뻔뻔스럽게 드러내면서도 남편에게만은 들키지 않았으면 하는 일이 진행되고 있습죠. 말할 수는 없지만, 할 바에야 몰래 하자는 것이 그들의 양심이죠.

오셀로 그게 정말인가?

이아고 부인은 아버지를 속이고 각하와 결혼하셨습니다. 부인이 몸을 떨면서 각하의 얼굴을 두려운 눈빛으로 바라보았을 때가 부인이 각하를 가장 사랑할 때였을 겁니다.

오셀로 음, 그랬어.

이아고 그래서 말씀입니다만, 그렇게 젊으신 분이 그런 얼굴을 꾸미면서 아버지를 감쪽같이 속였으니, 아버지는 그저 마술을 썼는 줄로만 아셨겠죠. 제 말이 좀 지나쳤습니다만 용서하십시오. 지나치게 각하만을 생각하다 보니 그렇게 되었습니다.

오셀로 네 성의는 평생 잊지 않겠다.

이아고 각하의 기분을 언짢게 해드린 건 아닙니까?

오셀로 아니다, 아니야.

이아고 기분을 언짢게 해드린 것 같군요. 지금까지 말씀드린 것은 오로지 제 성의에서 우러나온 얘기였습니다. 그러나 각하의 마음을 너무 괴롭혀 드린 듯하군요. 다시 한 번 부탁드릴 것은, 아직 미심쩍은 일이오니 지나는 말로 흘려 들으시라는 겁니다. 그 이상의 결론을 내신다든지 문제를 확대시키긴 마십시오.

오셀로 그러지는 않겠다.

이아고 만일 그러시면 제 말이 엉뚱한 결과를 초래할 수도 있습니다. 전혀 뜻하지 않게 말입니다. 캐시오 님은 저의 소중한 친구거든요. 각하, 아무래도 기분이 상하신 것 같군요.

오셀로 아니야, 대수롭지 않다. 정직한 데스데모나를 생각하고 있었다.

이아고 영원히 정직하시기를 빕니다! 각하께서도 영원히 그렇게 생각하시기를 바라고요!

오셀로 자연의 이치를 어기고 어째서 나 같은 사람에게…….

이아고 바로 그것이 핵심입니다. 솔직히 말씀드려 부인께서는 같은 고장 사람에다 얼굴빛도 같고 신분도 비슷한 상대자의 청혼을 모조리 거절했거든요. 그 청혼을 받아들이는 것이 당연한 일 아니었겠습니까? 쳇! 누구라도 눈치챌 수 있는 일이죠. 불순한 생각이 작용한 것입니다. 어림도 없는 배필이죠. 생각조차 부자연스러운 일입니다. 하지만 용서하십시오, 특별히 각하의 부인을 지목해서 말씀드리는 것은 아닙니다. 걱정이야 되죠. 차차 분별력이 생기면 제 나라 사람의 모습과 각하를 비교해보고 후회하게 될까 봐서요.

오셀로 이만 헤어지세. 잘 가게. 눈에 띄는 일이 있거든 알리게. 자네 아내를 시켜 감시토록 하고. 가게, 이아고.

이아고 (퇴장하면서) 각하, 물러갑니다.

오셀로 왜 나는 결혼을 했을까? 저 정직한 사내는 방금 말한 것보다 훨씬 더 많은 것을 알고 있을 거야.

이아고 (되돌아와) 각하, 한 가지 부탁이 있습니다. 이 일은 더 깊이 들어가지 않는 것이 좋겠습니다. 그냥 내버려두십시오. 캐시오를 복직시키는 일도 타당한 일인 줄 압니다. 맡은 임무를 해낼 만한 충분한 능력이 있는 사람이니까요. 그러나 잠시 동안만 캐시오를 그대로 두시면 그의 의도가 과연 무엇인가를 알 수 있게 될 것입니다. 부인께서 캐시오의 복직을 얼마나 강경히 요청하고 계신지도 주목해보시기 바랍니다. 그것으로도 여러 가지를 알아낼 수 있게 될 테니까요. 그때까지는 제가 드린 말씀은 그저 노파심이라고만 생각하십시오. 저 역시 그런 게 아닌가 해서 하는 소리입니다. 부탁입니다, 부인은 결백하다고 믿어주세요.

오셀로 내겐 자제심이 있으니 걱정 말게.

이아고 이젠 물러갑니다. (퇴장)

오셀로 저 녀석은 아주 성실한 데다 세상 물정에 밝아서 세상만사를 모르는 것이 없구나. 만일 데스데모나가 길들이기 힘든 매라면, 발에 맨 끈이 내 심장에 연결된 끈이라 할지라도 끊어버리고 멋대로 가게 해주겠다. 그다음 일은 제 운명에 맡겨두는 거다. 바람에 떠 날며 먹이를 찾겠지. 내 얼굴색이 검고 한량들같이 고상한 교제술에 능하지 않다고 해서, 혹은 내 나이가 이미 기울어지고 있다고 해서—과히 늙은 건 아니지만—데스데모나는 돌아서버린 것이다. 나는 모욕을 당했어. 데스데모나를 증오하는 길만이 나를 구제하는 길이다. 아, 저주받은 결혼이여! 남편들은 유순한 여인들을 자기 것인 양 말하지만 마음까지 차지한 것은 아니란 말이야! 사랑하는 사람을 남의 수중에 내버려두고 자기는 한 귀퉁이만 차지할 바에는, 차라리 두꺼비가 되어 땅속 구덩이 속의 습기나 빨고 있는 편이 낫겠다. 그러나 이건 위대한 자들만이 겪는 수난이 아닌가. 하층민보다도 못하구나. 죽음처럼 피할 수 없는 운명이다. 이마에 뿔이 난다는 이 재앙은 어머니 태 안에서 생명이 꿈틀거릴 때부터 정해진 운명이다. 데스데모나가 오는군. 아, 저 여인이 불의를 저질렀다면 그건 하늘이 스스로를 조롱한 거다! 믿을 수 없는 일이야.

데스데모나와 에밀리아 등장.

데스데모나 좀 어떠세요, 오셀로 님? 만찬회 시간이에요. 당신이 초대하신 이 섬의 저명인사들이 기다리고 계십니다.

오셀로 미안하게 되었군.

데스데모나 왜 목소리에 기운이 없으세요? 어디 편찮으세요?

오셀로 여기, 이마가 쑤시는군.

데스데모나 밤잠을 못 주무셔서 그렇죠. 곧 나으실 거예요. 머리를 동여매 드릴게요. 한 시간만 지나면 나으실 거예요.

오셀로 당신의 손수건은 너무 작아서 안 돼. (동여맨 손수건을 풀어버린다. 데스데모나, 손수건을 떨어뜨린다) 내버려두고 갑시다.

데스데모나 기분이 퍽 안 좋으신 모양이군요. (오셀로와 데스데모나 퇴장)

에밀리아 이 손수건이 내 수중에 들어왔으니 잘된 일이야. 부인께서 무어 장군한테서 받은 첫 선물이었지. 변덕쟁이 우리 집 양반이 이

걸 훔쳐내 오라고 얼마나 졸라대던지. 하지만 부인은, 장군께서 잠시도 이것을 몸에서 떼면 안 된다고 분부하셔서 이 기념품을 얼마나 아끼신다고. 그래서 부인은 늘 이것을 지니고 다니시면서 손수건에 입을 맞추질 않나 말을 건네질 않나, 한시도 놓질 않아 좀처럼 훔칠 수가 없었지 뭐야. 이것과 똑같은 모양을 떠서 남편에게 줘야지. 이걸로 뭘 하든 내 알 바 아니야. 그토록 성화인 그 양반 비위만 맞춰주면 그만이니까.

    이아고 등장.

이아고   어떻게 된 거야? 여기서 혼자 뭘 하고 있어?

에밀리아   화내지 마세요. 당신한테 줄 것이 있어요.

이아고   나한테? 뭐 너절한 것이겠지.

에밀리아   어쩌면!

이아고   어리석은 여편네 주제에.

에밀리아   말 다하셨수? 그 손수건을 주면 당신은 내게 뭘 주시겠어요?

이아고   무슨 손수건인데?

에밀리아   무슨 손수건이라니요? 왜, 무어 장군이 데스데모나 부인에게 준 첫 선물 말이에요. 당신이 여러 차례 그걸 훔쳐오라고 극성을 부렸잖아요.

이아고   훔쳤어?

에밀리아   훔치진 않았어요. 부인께서 부주의로 떨어뜨리신 것을 마침 내가 옆에 있다가 주웠죠. 바로 이거예요.

이아고   그거 잘했군. 이리 줘.

에밀리아　이 손수건으로 뭘 하실 작정이에요? 왜 그렇게 훔쳐내라고 야
단법석을 떠셨죠?

이아고　(낚아채면서) 아니 그건 알아서 뭐 하려고?

에밀리아　별로 크게 사용할 데가 없으면 돌려주세요. 없어진 것을 부인
이 아시면 가엾게도 미쳐버리실 거예요.

이아고　모르는 척하고 있어. 쓸 데가 있으니까. …… 저리 가 있어. (에밀
리아 퇴장) 캐시오 숙소에 이 손수건을 떨어뜨려야지. 그러면 그놈
이 이걸 줍겠지. 공기처럼 가벼운 물건도 질투심에 사로잡힌 자
에게는 성경만큼이나 효력이 있다는 걸 이 물건으로도 알 수 있
을 것이다. 이건 쓸모가 있어. 무어 녀석, 내가 뿜은 독약이 효력
을 내는지 차차 마음이 변하고 있단 말씀이야. 위험한 발상도 일
종의 독약이지. 처음에는 쓴맛이 나지 않지만, 조금이라도 혈액
에 작용하면 유황 광산처럼 타오른단 말이야. 타오르고말고.

　　오셀로 등장.

저기 오는군! 양귀비건 흰독말풀 뿌리건, 이 세상의 별의별 수면
제를 다 먹는다 해도 이젠 어제 누렸던 그 달콤한 잠을 맛보지 못
할걸.

오셀로　허허! 나를 속여, 나를?

이아고　장군님! 왜 이러십니까? 그 일은 이제 그만 접어두세요.

오셀로　비켜라! 물러가라! 너는 나를 괴롭혔다. 조금 알고 있으니 차라
리 실컷 모욕을 당하는 편이 낫지.

이아고　각하, 왜 그러십니까?

오셀로 아내가 몰래 음탕한 짓을 했는지 그걸 내가 어떻게 알 수 있겠나? 그런 일은 본 적도 생각해본 적도 없기 때문에 괴롭지 않았어. 그다음 날 밤잠도 잘 자고, 마음도 홀가분하고 유쾌했지. 아내 입술에서 캐시오의 키스 자국을 볼 수도 없었는걸. 도둑맞은 사람이 도둑맞은 것을 알고 싶어 하지 않으면 꼭 알릴 필요는 없는 거야. 모르고 있으면 도둑맞은 것이 아니란 말일세.

이아고 듣고 보니 죄송스럽습니다.

오셀로 설사 온 부대 안의 장병들이, 하다못해 공병대 졸병에 이르기까지 아내의 달콤한 육체를 맛보았다 하더라도, 모르고 있었으면 나는 행복했을 걸세. 이젠 마음의 안정이 사라졌다! 뿌듯했던 만족감도 사라졌다! 깃털로 장식한 군대여, 공명심에 불타는 전쟁이여, 잘 가거라, 안녕이다! 울부짖는 군마여, 드높은 나팔 소리여, 용솟음치게 하는 북소리여, 귀를 뚫을 듯한 피리 소리여, 장엄한 군기여, 영광스러운 전투의 모든 것이여, 모든 보람과 찬란함과 장관이여, 잘 가거라, 안녕이다! 너, 치명적인 대포여! 너의 거친 소리는 불멸의 신 주피터의 우렁찬 소리를 닮았지만, 지금은 가거라, 안녕이다! 오셀로의 임무는 끝장났다.

이아고 각하, 어떻게 이러실 수가 있습니까?

오셀로 이놈, 내 아내가 매춘부라는 사실을 증명해봐라. 눈에 보이는 증거를 대란 말이다. 그러지 못하면 불멸의 영혼에 맹세코, 너는 되살아난 내 격분에 응답하기보다는 차라리 개로 태어난 것이 좋았을 거라고 느끼게 해주겠다. 내 기필코 너를 혼내주고야 말겠다!

이아고 일이 어쩌다 이 지경에까지 왔습니까?

오셀로 증거를 대라. 티끌만큼의 의심도 깃들지 않은 증거를 대고 증명해봐라. 그러지 못하면 네 목숨은 날아갈 것이다!

이아고 각하, 제발……

오셀로 만약 근거도 없이 내 아내를 모함하고 나를 괴롭히는 거라면 더 이상 기도를 올리지 마라. 동정심도 모두 버려라. 온갖 악독한 짓만 계속하라. 하늘이 통곡하고, 온 땅이 까무러칠 비행이라도 저질러라. 그래도 이보다 더 저주스러운 일은 없을 테니.

이아고 왜 이러십니까? 너무하십니다! 장군님도 사내 대장부십니까? 제정신이십니까? 사리를 판단할 분별력을 갖고 계신 겁니까? 그만두겠습니다. 저는 사직하겠습니다. 아, 참으로 나는 어리석은 놈이구나. 너무 정직한 탓에 나쁜 놈 취급을 받다니! 기괴한 세상이로구나! 다들 조심하시오, 조심하시오! 솔직하고 정직하면 위태롭군요. 덕택에 한 가지 배웠습니다. 앞으로 친구 따위는 위하지 않으렵니다. 위해줘 봐야 원망만 살 게 뻔하니까요.

오셀로 잠깐 기다려. 너는 정직해야 해.

이아고 약삭빠른 놈이 되렵니다. 정직해봤자 별수 없어요. 손해만 보는 걸요.

오셀로 사실 말이지, 나는 아내가 정직하다고 생각한다. 아니 정직하지 않을지도 모르지. 네 말이 옳아. 아니야, 틀렸을지도 몰라. 증거를 보여라. 달의 여신 디아나의 얼굴처럼 맑고 깨끗하던 그녀의 이름이 지금은 더럽고 시커먼 내 얼굴과 같구나. 밧줄이건 단검이건 독약이건 불이건 익사를 시키는 시냇물이건 무엇이든 내 옆

이아고 각하, 너무 흥분하지 마십시오. 각하께 귀띔해드린 것이 몹시 후회스럽군요. 증거를 보고 싶으시다고요?

오셀로 그렇다! 아니 기필코 볼 것이다.

이아고 보시게 될 겁니다. 그러나 어떻게 보셔야 만족하시겠어요, 각하? 구경꾼처럼 입을 딱 벌리고 그 녀석이 부인을 올라타고 있는 것을 보시겠어요?

오셀로 아, 더럽고 저주스러운 것들!

이아고 두 사람이 붙어 있도록 만드는 일은 쉬운 일이 아닙니다. 두 사람이 함께 누워 있는 현장을 본다는 것은 어려운 일이죠. 그러니 어떻게 하면 좋을까요? 무슨 방법이 있겠습니까? 어떻게 말씀드릴까요? 어떻게 하면 만족하시겠습니까? 각하께서 그것을 직접 보신다는 건 불가능한 일입니다. 그들이 마치 염소처럼 호색적이고 원숭이처럼 음탕하다 할지라도, 한창 암내를 풍기는 늑대처럼 음란하고 술에 취해 난장판을 벌이는 멍청한 바보들이라 할지라도 말입니다. 그렇지만 그 사실의 문 앞까지 안내해드릴 만큼의 확실한 사정을 말씀드리는 것으로 각하께서 만족하신다면, 이야기해드리죠.

오셀로 내 아내가 부정하다는 살아 있는 증거를 내 눈앞에 대라.

이아고 저로서는 참으로 어려운 역할입니다. 그러나 우직한 탓으로, 그리고 충성심 탓으로 사건에 이렇게까지 휘말려든 이상 속시원히 모든 얘기를 털어놓겠습니다. 최근 저는 캐시오와 함께 잠을 잔 적이 있습니다. 그러나 치통이 심해서 통 잠을 이룰 수 없었지요. 이 세상에는 자면서까지 자기 일을 뇌까리는 주책없는 놈들이 있지요. 캐시오가 바로 그런 작자였습니다. 전 그가 잠꼬대하는 소리를 들었습니다. '사랑하는 데스데모나, 조심해요. 우리들의 사랑을 숨깁시다' 고 말하면서 제 손을 꼭 움켜쥐고는 '아, 어여쁜 당신!' 하고 소리 질렀습니다. 그러고는 제게 힘껏 키스를 했습니다. 제 입술을 뿌리째 빨아들일 듯한 기세였지요. 그러더니 다리를 제 넓적다리 위에 척 걸치고 한숨을 내쉬고는 다시입 맞추고 나서 '당신을 무어 녀석한테 넘겨준 잔인한 운명이여!' 하고 큰소리로 외치더군요.

오셀로 아, 괘씸하고 괘씸하다!

이아고 아니, 그건 다만 그의 꿈에 지나지 않습니다.

오셀로 그렇더라도 그건 그전에 그들이 그런 짓을 했다는 증거가 될 수 있어.

이아고 꿈이라도 얼마든지 의심할 여지는 있습죠. 불확실한 다른 증거를 확실하게 입증하는 데 도움을 주기는 합니다.

오셀로 그년을 갈기갈기 찢어놓고 말 테다.

이아고 안 되죠. 신중하셔야 합니다. 아직 현장을 목격한 것은 아니니까요. 게다가 부인은 정말 결백할 수도 있죠. 한 가지 여쭙겠습니다만 장군께서는 부인이 딸기 무늬가 수놓아진 손수건을 가지고 계신 것을 보신 적이 있습니까?

오셀로 내가 그 손수건을 줬지. 아내에게 준 첫 선물이었어.

이아고 그건 제가 알 바 아닙니다만, 그 손수건으로 — 부인 것임에 틀림없는 듯합니다만 — 캐시오가 수염을 닦고 있는 것을 오늘 제가 목격했습니다.

오셀로 만약 그것이 바로 그…….

이아고 그게 바로 그 손수건이라면, 아니 어떤 손수건이건 그것이 부인의 것이라면, 다른 증거도 있고 하니 부인에게 점점 더 불리해지는 거죠.

오셀로 에잇, 그 더러운 놈은 모가지가 수천수만 개는 있어야겠다! 복수하려 해도 하나로는 너무 부족하구나. 이것으로 사실은 밝혀졌다. 보라, 이아고. 이렇게 해서 나는 내 어리석은 애정을 하늘로 날려 보내노라. 내 사랑은 사라졌다. 검은 복수여, 지옥의 구덩이에서 일어나거라! 아아, 사랑아, 너의 왕관과 내 마음속에 자리한 옥좌를 그 포악한 증오심에게 넘겨줘라! 가슴아, 독사의 혀 끝에서 뺄어낸 독으로 퉁퉁 부어라!

이아고 진정하십쇼.

오셀로 아, 피다! 이아고, 피를 보자!

이아고 참으세요, 마음은 다시 변할 수도 있는 것입니다.

오셀로 결코 변하지 않는다, 이아고. 빙산을 품고 도도히 흐르는 폰틱 바다의 격류가 한 번도 물러서는 일 없이 곧장 프로폰틱 해와 헬레스폰트 해협으로 흘러 들어가는 것처럼, 피에 굶주린 복수의 일념은 결코 뒷걸음치지 않고 앞으로만 맹렬하게 나아갈 것이다. 마음껏 복수할 때까지는 기가 꺾여 물러서는 일이 없을 것이다. 지금 나는 영원히 변치 않는 저 빛나는 하늘을 (무릎을 꿇는다) 우러러 거룩한 맹세를 다짐하는 바이다.

이아고 아직 일어나지 마십시오. (무릎을 꿇는다) 영원히 하늘에서 빛나는 찬란한 빛이여, 굽어 살피소서. 우리를 둘러싸고 있는 하늘이여, 보소서. 나 이아고는 지혜와 팔과 마음의 힘을 다해서 배신당한 오셀로 각하를 모시겠나이다. 각하가 하명하시면 아무리 참혹한 일이라도 최상의 의무라 여기고 복종하겠나이다. (두 사람 일어선다)

오셀로　자네 충성에 감사한다. 괜히 하는 소리가 아니다. 마음속으로 고맙게 여기고 있다. 즉시 일에 착수할 것을 명한다. 사흘 안으로 캐시오가 죽었다는 소식을 갖고 오라.

이아고　그 친구는 죽었습니다. 각하의 명령이 내렸으니 죽은 거나 다름없지요. 하지만 부인은 사셔야 합니다.

오셀로　더러운 매춘부! 저주받을 것! 지옥에나 떨어져라! 자, 여기서 헤어지자. 나는 집으로 가서 그 아름다운 악마를 해치울 궁리를 해야겠다.

이아고　한결같은 충성을 바치겠습니다.

제4장 성 앞

데스데모나, 에밀리아, 어릿광대 등장.

데스데모나　여봐라, 캐시오 부관님이 어디서 주무시는지(lie) 너 아느냐?

어릿광대　어디서 거짓말(lie) 하시는지 전 감히 말할 수 없지요.

데스데모나　아니, 왜지?

어릿광대 그분은 군인이신데 군인이 거짓말을 한다고 했다간 칼침을 맞을 테니까요.

데스데모나 그런 게 아니라 어디 사시느냐고!

어릿광대 그분이 어디 거주하시는지를 알려드리는 것은, 제가 거짓말을 하는 것과 같지요.

데스데모나 너 무슨 소릴 하고 있는 거냐?

어릿광대 사실은 알지 못합니다. 그분의 거처를 제가 꾸며내어 여기 거주하신다, 저기 거주하신다고 말하면 이 목구멍이 거짓말을 하는 셈이 되니까요.

데스데모나 어디 알아볼 곳이 없느냐? 알아보고 알려다오.

어릿광대 어디 계신지 온 세상과 문답을 해야겠군요. 즉, 묻고 대답을 얻는 거죠.

데스데모나 그분을 찾아서 이리로 오시라고 전해드려라. 장군님을 잘 달래 놨으니 모든 일이 잘 될 것이라고 말씀드리고.

어릿광대 그런 일이라면 인간의 지혜로써 가능한 일이니 소인이 그 일을 시도하지요. (퇴장)

데스데모나 에밀리아, 내가 그 손수건을 어디서 잃어버렸을까?

에밀리아 마님, 전 모르겠는데요.

데스데모나 정말이지 차라리 돈이 잔뜩 들어 있는 지갑을 잃어버리는 편이 나았을 것을. 무어 장군님은 진실한 분이시라 질투심 같은 비열한 성질은 없어서 다행이야. 그렇지 않았으면 정말 언짢아하실 거야.

에밀리아 질투심이 없으신가요?

데스데모나　누구? 그분 말이야? 그분이 태어나신 나라의 태양이 그런 성
　　　　　질은 모조리 빨아들였지.

에밀리아　아, 저기 장군님이 오십니다.

　　　　　오셀로 등장.

데스데모나　캐시오가 다시 복직될 때까지 그분 곁을 떠나지 말아야지.
　　　　　여보, 기분은 좀 어떠세요?

오셀로　으응, 좋아. (방백) 모른 척 시치미를 떼자니 어려운 일이구나! 데
　　　　　스데모나, 당신은 어떻소?

데스데모나　좋습니다.

오셀로　손을 이리 주시오. 손이 촉촉하구려.

데스데모나　이 손은 아직 나이도 어리고, 슬픔도 알지 못하거든요.

오셀로　이건 사랑이 넘치고 마음이 관대하다는 뜻이라오. 뜨겁디 뜨겁
　　　　　고, 촉촉한 손. 이 손은 아예 자유를 버리고 단식과 기도를 하며,
　　　　　자신을 채찍질하고 경건하게 예배에만 헌신해야 할 손이오. 이
　　　　　런 손에 걸핏하면 젊고 다정다감한 악마가 깃들여서 배반을 유
　　　　　도하거든. 관대하고 좋은 손이긴 하오.

데스데모나　그렇고 말고요. 제 마음도 이 손으로 드렸죠.

오셀로　관대한 손이오! 옛날에는 마음이 서로 통할 때라야만 손을 내밀
　　　　　었건만, 요즘 사람들은 마음도 없이 그저 손만 내밀지.

데스데모나　무슨 말씀인지 통 알 수가 없군요. 그건 그렇고, 약속하신 일
　　　　　은 어떻게 되었나요?

오셀로　무슨 약속 말이오?

데스데모나　캐시오를 불러오라고 사람을 보냈습니다. 당신과 이야기를 나누도록 말씀이에요.

오셀로　콧물이 나와 죽겠군. 순수건 좀 주시오.

데스데모나　여기 있어요.

오셀로　내가 당신에게 선물한 그 손수건을 주구려.

데스데모나　없는데요.

오셀로　없다구?

데스데모나　네, 정말 없어요.

오셀로　그건 안 될 말이오, 데스데모나. 그 손수건은 이집트 여자가 어머니께 준 것이란 말이오. 그 여자는 마술사였는데 사람의 마음을 꿰뚫어 볼 수 있었지. 한번은 어머니께 이렇게 말했소. 이 손수건을 갖고 있는 동안은 아내는 사랑을 받고 남편의 애정을 독차지할 수 있지만, 일단 잃어버리거나 남한테 주게 되면, 남편의 미움을 사게 되고 남편은 외도를 하게 된다고 말이오. 어머니는 돌아가실 때 그것을 나에게 주면서 결혼하게 되면 아내에게 주라고 하셨지. 그대로 한 셈이오. 그러니 그 손수건을 조심하시오. 당신의 소중한 눈처럼 그것을 아껴주었으면 좋겠소. 잃어버리거나 남에게 주어버리면 헤어날 수 없는 재앙에 빠지게 되니까.

데스데모나　어머나, 어떻게 그럴 수가 있죠?

오셀로　사실이오. 한 가닥 한 가닥 짜인 올 속에는 마력이 깃들여 있소. 태양이 이백 번이나 회전하는 동안 살아왔다는 마녀가 예언의 황홀경에 빠져 짜나간 손수건이오. 그 명주실을 뱉어낸 것은 거룩한 누에고 그 실오라기는 사계의 도사가 처녀의 심장에서 뽑아낸 비약으로 염색한 것이었소.

데스데모나   어쩜! 그게 정말이에요?

오셀로   틀림 없는 사실이오. 그러니 잘 보관하시오.

데스데모나   듣지 않았더라면 좋았을걸!

오셀로   왜? 어째서!

데스데모나   왜 그렇게 깜짝 놀라 펄쩍 뛰시나요?

오셀로   잃어버렸소? 없어졌소? 말하시오, 어디에다 버렸소?

데스데모나   아아, 어쩌면 좋아!

오셀로   뭐요?

데스데모나   잃은 건 아닙니다. 하지만 만약 잃었다면 어떡하죠?

오셀로   어떻게 된 거요?

데스데모나   없어진 건 아니에요.

오셀로   갖고 와보시오, 어디 봅시다.

데스데모나   가져와서 보여드리죠. 하지만 지금은 그럴 수 없어요. 제 부탁을 얼버무리려고 그런 꾀를 부리는 거죠? 캐시오를 복직시켜 주세요, 부탁입니다.

오셀로   손수건을 갖고 와요. 어쩐지 불안하군.

데스데모나   어서, 어서요. 그만큼 훌륭한 사람은 다시는 만나실 수 없을 거예요.

오셀로   손수건을 내놔!

데스데모나   부탁이에요, 캐시오 얘길 하세요.

오셀로   손수건!

데스데모나   캐시오는 지금까지 자신의 운명을 언제나 당신의 호의에 의

탁해 오면서 당신과 위험한 고비를 함께 겪어온 사람이에
요……

오셀로   손수건!

데스데모나   당신 너무하시는군요.

오셀로   에잇! (퇴장)

에밀리아   질투심이 없으시다고 하셨잖아요?

데스데모나   이런 일은 처음이야. 아무래도 그 손수건에 신비로움이 깃들
여 있나 봐. 나는 슬퍼, 손수건을 잃어버렸으니.

에밀리아   남자의 마음을 일이 년 새에 알 수 있습니까요? 남자들이란 어
느 누구 할 것 없이 모두 위장 같은 자들이죠. 여자들은 음식물
이구요. 사내들은 허겁지겁 여자들을 먹어치우고는 배 속이 꽉
차면 도로 토해내죠.

    이아고 등장.

어머, 캐시오 님과 제 남편이 오는군요.

이아고   다른 방법이 없어요. 부인이 해보시는 수밖에요. 아, 마침 잘 됐
군요. 가서 사정해보세요.

데스데모나   캐시오 님, 무슨 일이세요?

캐시오   부인, 전에 부탁드린 일 때문에 왔습니다. 부인께서 은혜를 베푸
시어 저를 좀 살려주십시오. 마음속으로 지극히 존경하고 있는
장군님의 사랑을 다시 받을 수 있도록 애써주십시오. 더 이상 기
다릴 수가 없습니다. 제 잘못이 돌이킬 수 없는 것이어서, 지금
까지 일해온 것으로나 현재의 슬픔으로나 앞으로 충성을 바치겠

다는 각오로도 다시 장군님의 은총을 입을 수 없다면 그렇다는 말씀이라도 속 시원히 들었으면 좋겠습니다. 억지로라도 체념하고 천명에 따라 말없이 다른 인생의 길을 모색해보겠습니다.

데스데모나 아, 너무나 착하신 캐시오 님! 제가 간청해보았지만, 지금 일이 잘 안 되고 있군요. 남편이 옛날 같지 않아요. 기분이 변한 정도로 얼굴이 변했다면 전 아마 그분을 못 알아봤을 거예요. 그전과 같은 장군님이 아니세요. 어찌 된 영문일까요? 당신을 위해 사정사정하다 보니 내 말이 지나쳐서 그분의 비위를 상하게 했나 봐요. 조금만 더 참고 기다리세요. 저로선 할 수 있는 한 최선을 다해볼게요. 저 자신을 위한 일이라면 감히 할 수 없는 일이라도 당신을 위해 해보도록 하죠. 그렇게 알고 참아주세요.

이아고 각하께서 화가 나셨다구요?

에밀리아 방금 저리로 가셨어요. 아주 딴 분이 돼버렸답니다.

이아고 그분도 화를 낼 줄 아시나? 언젠가 포탄이 날아와서 그의 군졸들이 공중으로 날아가 버리고, 형제분 역시 바로 옆에서 처참하게 돌아가셨을 때에도 그분만은 침착하게 계시는 것을 보았는데, 그런 분이 노발대발하시다니 이건 심상치 않은 일인데. 가서 만나 뵈어야겠다.

데스데모나 제발 가보세요. (이아고 퇴장) 틀림없이 정치적인 문제 때문일 거야. 베니스로부터 무슨 통고가 왔든지, 아니면 키프로스에서 어떤 음모가 발각되어 그분의 잔잔한 마음을 뒤흔들어놓은 걸 거야. 그럴 때 남자들이란 약간이라도 쑤시면 다른 성한 부분까지 아프게 느껴지듯이 말이야. 남자인들 뭐 하느님처럼 완전하겠어? 신혼 시절의 부드러운 마음씨를 한없이 지니고 있다고 생각하는 게 잘못이지. 에밀리아, 난 부끄러울 뿐이야. 군인의 아내답지 못하게, 불친절하다고 해서 그분을 원망했으니 말이야. 지금 생각해보니 내 마음씨가 틀렸어. 그분은 조금도 잘못이 없는걸.

에밀리아 정말로 그런 정치적인 일로 인해 기분이 상하신 거라면 좋겠네요. 마님과 관련된 부질없는 추측과 질투심 때문이 아니기를 바랄 뿐이에요.

데스데모나 정말이지 난 아무런 잘못도 저지르지 않았어.

에밀리아 그렇지만 질투심 많은 사람은 그 정도로 만족하지 않지요. 근거가 있어서 질투하는 것이 아니라 단지 질투하기 때문에 질투할 뿐이에요. 질투는 스스로 잉태되어 저절로 태어나는 괴물이죠.

데스데모나 제발 그런 괴물이 오셀로 님의 마음속에 스며들지 않기를 바랄 뿐이야.

에밀리아 저도 그러기를 바랍니다, 부인.

데스데모나 가서 남편을 만나 뵈어야겠다. 캐시오 님, 이 근처를 산책하고 계세요. 그분의 기분이 좋아지신 것 같으면 다시 당신의 청을 말씀드려 좋게 마무리를 지어보도록 하겠어요.

캐시오 대단히 감사합니다. (데스데모나와 에밀리아 퇴장)

비앙카 등장.

비앙카 안녕하세요, 캐시오 님?

캐시오 여긴 웬일로 왔어? 아름다운 비앙카, 잘 있었소? 당신한테 막 가려던 참이었는데.

비앙카 저는 당신의 숙소로 가는 길이었죠. 캐시오, 아니 그러시기예요, 일주일 동안이나 꼼짝도 안 하시고? 이레 낮 이레 밤, 일백예순 여덟 시간이나요? 님을 기다리는 시간은 그보다 일백육십 배나 더 지루하답니다. 셈을 헤아리는 데만도 지쳐버리죠!

캐시오 비앙카, 용서해줘. 요즘 울적한 일이 있었어. 그러나 이번에 가면 그동안 못 한 것은 충분히 보충해줄게. 사랑스러운 비앙카, 이 무늬(데스데모나의 손수건을 주면서)를 그대로 본 좀 떠주지 않겠어?

비앙카 오, 캐시오, 이건 또 어디서 났죠? 좋은 애인이 생긴 모양이군요? 독수공방 외로움을 실컷 맛보게 하더니, 그 이유가 바로 이것이었나요? 결국 이 모양 이 꼴이 되고 말았군요. 좋아요, 좋아.

캐시오 이봐! 그런 터무니없는 소리는 집어치워. 그런 엉터리 추측은 그렇게 넘겨짚도록 가르쳐준 악마에게나 돌려줘. 이것을 여자에게서 선물로 받았을까 봐 마냥 질투하고 있는 거야? 비앙카, 절대로 그런 게 아냐.

비앙카 그렇다면 누구 거예요?

캐시오 누구 건지 몰라. 내 방에 떨어져 있었어. 그런데 이 무늬가 퍽 마음에 들어. 틀림없이 누가 나타나서 이 물건을 돌려달라고 할 텐데, 그전에 이 무늬를 본떠놨으면 좋겠다는 거야. 가져가서 좀 해다주오. 그리고 나 좀 혼자 있게 내버려둬.

비앙카 가라고요? 어째서요?

캐시오 여기서 장군님을 만날 거야. 그런데 여자와 함께 있으면 곤란하잖아. 신임도 얻을 수 없고.

비앙카 그건 또 왜죠?

캐시오 당신이 싫어서가 아니야.

비앙카 저를 사랑하지 않기 때문이에요. 제발 저를 좀 바래다 주세요. 그리고 오늘 밤 만나주겠다고 약속해주세요.

캐시오 바래다 주긴 하겠지만 멀리는 못 가. 난 여기 있어야 해. 곧 당신을 보러 갈게.

비앙카 좋아요. 기다리겠어요. (퇴장)

제4막

제1장 키프로스 성 앞

오셀로와 이아고 등장.

이아고 그렇게 생각하십니까?

오셀로 그렇게 생각하느냐고, 이아고?

이아고 남 몰래 숨어서 입을 맞췄다 하면 말입니다.

오셀로 용서할 수 없는 키스로다.

이아고 알몸뚱이로 남자와 함께 한 시간 이상 침대에 누워 있었다면, 추잡스러운 일은 없었다 쳐도 말씀이죠.

오셀로 벌거벗고 누워서 아무 일도 없을 수가 있어, 이아고? 그런 위선은 악마를 모독하는 짓이야. 아무리 깨끗한 마음이라 해도 그런 짓을 하는 놈은 악마한테 유혹을 받게 되지. 천벌을 받게 된다구.

이아고 정말 아무 짓도 하지 않았다면, 가벼운 과실 하나쯤은 죄가 될 수 없겠지요. 가령 제가 아내에게 손수건을 줬다고 하면…….

오셀로 그러면?

이아고 그렇다면 그 손수건은 아내의 것이 되는 거죠. 일단 아내에게 주어 그것이 아내의 소유물이 된 이상은, 아내가 그 물건을 아무 남자에게나 주어도 무방한 일 아닙니까?

오셀로 그러나 아내는 정조를 지켜야지. 정조까지 내팽개칠 수 있는가?

이아고 여자의 정조라는 것은 눈에 보이지 않아서 말입니다, 정조관념이 없으면서도 마치 정조를 지키는 척하는 여자들이 득실거리는 세상이란 말씀이죠. 그런데, 이 손수건이 말입니다…….

오셀로 그만 해둬라. 그 손수건을 갖고 싶다. 네가 말했겠다. 그놈이 내 손수건을 갖고 있다고. 아아, 그 말이 내 머리에서 떠나지 않는구나. 마치 까마귀가 전염병 걸린 집에서 울고 있는 듯하다. 그놈이 내 손수건을 갖고 있다.

이아고 그게 어쨌다는 겁니까?

오셀로 얼마나 고약한 일인가.

이아고 그놈이 장군님을 해치려는 것을 제가 목격했다 해도 별겁니까? 또 그놈이 떠들고 다니는 소리를 제가 들었다 해도 별겁니까? 이 세상에는 그런 놈들이 더러 있죠. 자신이 설득해서 여자를 나꿨다든지, 여자들이 치근덕거려서 만족시켜주었다든지 나불대는 작자들 말입니다.

오셀로 지껄여댔단 말이지?

이아고 네. 하지만 한 가지 알아두실 것은, 여차하면 모르는 일이라고 잡아뗄 수 있다는 것입니다.

오셀로 허, 뭐라고 했는데?

이아고 했다구요. 뭘 했는지 모르지만요.

오셀로 뭔데? 뭔데?

이아고 함께 잤답니다.

오셀로 아내와?

이아고 네. 부인 위에서.

오셀로 함께 잤어? 그 여자 위에 올라탔다구! 그녀를 올라탔다는 말은 그녀를 속였다는 말도 되는데. 함께 자다니! 그런 더러운 짓을! 손수건……자백……손수건! 먼저 자백을 시킨 다음 그 죄의 대가로 목을 조르는 것이 보통이지만, 이번 경우에는 먼저 목을 조른 다음 고백하게 하겠다. 그걸 생각하니 몸이 떨려오는구나. 이같이 암담한 격정에 사로잡히는 것은 무슨 예감이 있어서가 아니겠는가. 말만 듣고 이처럼 마음이 헝클어질 리가 없지. 제기랄, 코와 코를, 귀와 귀를, 그리고 입술과 입술을 서로 비벼대고 있었다니! 그럴 수가 있을까? ……자백? ……손수건! (기절해서 쓰러진다)

이아고 돌고 돌아라, 내 약 기운이여. 온몸에 돌고 퍼져라! 이렇게 해서 착한 바보들이 걸려들고 마는 거지. 수많은 정숙한 귀부인들이 죄 없이 책망당하는 것이다 ― 아니, 이런! 각하! 각하! 정신차리세요, 각하! 오셀로 님!

　캐시오 등장.

캐시오 님 아니십니까!

캐시오　어떻게 된 거야?

이아고　각하께서 간질병으로 쓰러지셨어요. 벌써 두 번째 발작이에요. 어제도 한 번 일어났었지요.

캐시오　관자놀이께를 문질러드려.

이아고　아닙니다, 가만히 내버려두는 게 좋아요. 그렇잖으면 금세 입에 게거품을 물고 정신을 잃으시니까요. 그리고는 차츰 걷잡을 수 없이 난폭해지시죠. 보세요, 몸을 움직이시는군요. 잠시 물러나 계십시오. 곧 의식을 회복하실 겁니다. 장군이 가시면 당신과 다시 만나 중대한 문제에 관하여 의논드리겠습니다. (캐시오 퇴장) 장군님, 어찌 된 일입니까? 머리를 다치신 건 아니신지요?

오셀로　나를 놀리는 거냐?

이아고　제가 각하를 놀리다뇨? 천만의 말씀입니다. 전 각하께서 사나이답게 운명을 참아 나가시기만을 바랄 뿐입니다.

오셀로　뿔 돋친 남자는 괴물이요 짐승이지.

이아고　그렇게 말씀하시면 이 큰 도시는 수많은 짐승들과 점잖은 괴물들로 꽉 차게 되지요.

오셀로　그놈이 고백했단 말이지?

이아고　정신차리세요. 결혼의 멍에를 메고 있는 남자들은 모두 각하의 운명과 같습니다. 수백만의 남자들이 매일 밤 지금 남의 침대에서 자면서도 그것이 마치 자기 것인 양 착각하고 있단 말입니다. 각하의 경우는 그래도 나은 편이죠. 아, 잠자리 속에서 부정한 여자의 입술을 빨면서도, 안심하고 그 여자를 정숙한 여인이라고 생각한다는 것은 견딜 수 없는 지옥의 괴로움이지요! 저 같으면 그걸 알아두겠어요. 자신의 입장을 알게 되면 앞으로 여자를 어떻게 다루어야 하는가를 터득하게 되니까요.

오셀로 으음, 너는 현명하구나, 확실히.

이아고 잠시 안으로 들어가 계십시오. 잠깐만 참으시면 됩니다. 조금 전 각하께서 비탄을 못 이겨 쓰러졌을 때 ─ 참으로 각하답지 못한 일이었습니다만 ─ 캐시오가 이곳에 왔었습니다. 제가 그를 쫓아 버렸지요. 기절하신 것에 대해서는 적당한 이유를 대서 얼버무렸습니다. 그리고는 할 말이 있으니 나중에 다시 오라고 했더니, 그러마고 약속했습니다. 그러니 각하께서는 잠시 몸을 숨기시고 그놈의 얼굴에 나타나는 냉소와 조롱과 경멸에 찬 표정을 자세히 관찰해보십시오. 제가 그 사건을 처음서부터 다시 한번 물을 테니까요. 부인을 어디서 어떻게 몇 번쯤이나 언제부터 만나왔는지, 또 언제 다시 만나기로 했는지를 묻겠습니다. 아시겠죠? 그놈의 표정을 주의해서 보십시오. 중요한 것은 참는 일이죠. 그렇지 않으시면 저는 각하를 성미만 부리는 졸장부로 알겠습니다.

오셀로 듣거라, 이아고. 나는 어느 누구보다도 참을성이 있다. 그러나 알아두어라. 누구 못지않게 잔인한 사람이 될 수도 있다는 걸.

이아고 좋습니다. 그러나 매사에 조급히 서둘지 마십시오. 저리 가 계십시오. (오셀로 숨는다) 좋았어. 캐시오에게는, 몸을 팔아서 먹고사는 매춘부 비앙카 얘기를 물어야지. 그 여자는 캐시오에게 홀딱 반해 있거든. 매춘부의 숙명이지. 아무리 많은 남자를 속이며 살아왔어도 결국에는 스스로가 한 남자에게 속고 마니까. 그 녀석, 그 여자의 얘기를 하면 웃음이 터져 견디지 못할 거야. 오는구나.

　　캐시오 다시 등장.

그 녀석이 웃으면 오셀로는 미쳐 날뛸 것이다. 세상살이에 어두우니 곧 의심을 품고 불쌍한 캐시오의 웃음과 몸짓과 경박한 태도를 나쁘게 해석할 것이 틀림없어. 이제는 좀 어떠십니까, 부관 나리?

캐시오　그런 칭호로 나를 부르지 말게. 그 직함을 빼앗긴 후에는 그저 죽을 지경이니.

이아고　데스데모나 부인께 부탁하면 잘 될 겁니다. (작은 소리로) 이런 부탁이 비앙카에 의해 처리될 수 있다면 출세길이 훤하실 텐데요!

캐시오　허허, 불쌍한 계집!

오셀로　(방백) 저것 봐, 벌써 웃고 있군!

이아고　남자를 그토록 좋아하는 여자는 처음 봤어요.

캐시오　가련한 계집이지! 나를 좋아하는 것만은 확실하지만.

오셀로　(방백) 이번에는 슬쩍 아닌 척하면서 웃어넘기네.

이아고　좀 들어볼래요, 캐시오 님?

오셀로　(방백) 바야흐로 얘기가 나올 모양이군. 잘한다, 잘해!

이아고　그 여자는 당신과 결혼할 거라고 떠들고 다닌다던데, 진담입니까?

캐시오 하 하 핫!

오셀로 (방백) 네놈은 신나는 모양이지? 저토록 신이 날까!

캐시오 그 여자와 결혼을 해? 웃기지 마라, 난 그저 단골손님일 뿐이야! 여보게나, 내가 등신꼴값할 것 같은가? 나를 그렇게 업신여기지 말게. 하 하 핫!

오셀로 (방백) 그래, 그래, 그래, 그래. 신이 나면 웃어야지.

이아고 하지만 결혼한다는 소문이 쫘악 퍼졌습니다.

캐시오 농담 그만두게.

이아고 아니라면 제가 나쁜 놈이지요.

오셀로 (방백) 나를 모욕했겠다? 좋아.

캐시오 그것은 그 원숭이 같은 년이 멋대로 지껄이고 다니는 얘길세. 혼자 반해 가지고. 내가 자기와 결혼할 거라고 독단하고 있지. 내가 약속한 것은 아니야.

오셀로 (방백) 이아고가 눈짓을 하는 걸 보니 얘기가 시작될 모양이다.

캐시오 그 여자는 조금 전에도 여기 있었어. 어디든지 따라다니지. 지난번에는 해안에서 베니스 사람들과 얘기를 하고 있는데. 그 바보 년이 와서 팔로 이렇게 내 목을 끌어안고 매달리는 거야.

오셀로 (방백) '사랑하는 캐시오!' 라고 뇌까린 모양이지? 저놈의 몸짓으로 봐선 그런 얘기인가 본데.

캐시오 매달려서 축 늘어진 채 찔끔찔끔 우는 거야. 그러고는 나를 질질 끌고 가더군. 하 하 핫!

오셀로 (방백) 이렇게 해서 내 아내가 네 놈을 내 침실로 끌고 들어갔다는 얘기지? 네놈의 코를 도려내어 개한테 던져주고 싶다.

캐시오 내가 언제까지나 그녀를 상대해줄 수는 없어.

비앙카 등장.

이아고 이크! 그 여자가 오는구나.

캐시오 저 갈보 년이! 향수 냄새가 코를 찌르는군! 어쩌자고 나를 이토록 따라다니는 거야?

비앙카 당신은 악마한테나 쫓겨 다녀야 마땅해요. 방금 나에게 그 손수건을 준 건 무슨 의미였죠? 받아놓은 나도 멍청이야. 무늬를 본뜨라고요? 방에 떨어져 있었는데 누가 떨어뜨렸는지도 모른다고요? 그래요! 어떤 바람둥이 년이 준 거겠죠. 그걸 나보고 본뜨라고요? 여기 있으니 좋아하는 계집년한테나 주시구려. 어디서 났건 상관 않겠어요. 본뜨는 일은 못 하겠다구요.

캐시오 사랑하는 비앙카! 왜 그래? 어째서 그러는 거야?

오셀로 (방백) 저런, 저건 내 손수건이 아냐!

비앙카 오늘 저녁식사하러 오시겠다면 오셔도 좋아요. 오실 수 없으시면 다음에 부를 테니까 그때 오세요. (퇴장)

이아고 쫓아가세요, 쫓아가세요!

캐시오 뒤따라 가봐야겠다, 내버려두면 길 한복판에서 소동을 벌일 테니.

이아고 저녁식사는 거기서 하시겠습니까?

캐시오 그렇다.

이아고 저도 갈지 모르겠습니다. 꼭 드릴 말씀이 있거든요.

캐시오 꼭 오게나.

이아고 알았소이다. 더 얘기 마세요. (캐시오 퇴장)

오셀로 (앞으로 나오면서) 저놈을 어떻게 죽여버릴까, 이아고?

이아고 보셨죠? 나쁜 짓을 저지르면서도 마냥 웃고 있잖아요.

오셀로 아, 이아고!

이아고 손수건 보셨죠?

오셀로 내 것이었지.

이아고 분명히 각하 것이었습니다! 부인을 아주 바보로 취급하는군요! 부인께서 그 손수건을 캐시오에게 주었죠. 캐시오는 그것을 갈보에게 주었고요.

오셀로 그놈을 몇 년 동안 두고두고 괴롭히면서 죽이고 싶다! 데스데모나는 훌륭하고 아름답고 부드러운 여자였는데!

이아고 그건 잊어버리세요.

오셀로 그렇다. 그년은 오늘 밤 안으로 썩어 없어져라. 지옥에나 떨어져라. 살려둘 수 없다! 내 마음은 돌이 되었다. 손으로 내려친다면 손이 다칠 것이다. 아아, 이 세상에 그토록 귀여운 여자가 또 있을까? 제왕과 잠자리를 같이하며 제왕에게 명령할 수 있는 여인이었어.

이아고 안 됩니다, 장군답지 못하십니다.

오셀로 망할 년! 난 있는 그대로 말하고 있을 뿐이야. 바느질도 잘 하고 음악적 소질도 있었지. 그녀가 노래 부르면 사나운 곰도 얌전해질 정도였으니까. 재치도 있고 창의력도 풍부했지!

이아고 그러니까 더욱더 나쁘죠.

오셀로 그렇다. 정말 그렇다. 게다가 아주 착한 성품이었어.

이아고 지나치게 착하셨죠.

오셀로 착했었지. 그러나 이아고, 이런 딱한 일이 어디 있는가! 오, 이아고, 딱하고 가련한 일이다, 이아고!

이아고 그렇게 어리석게 부인의 죄를 용서해주시겠다면, 차라리 간통 면허장을 내어주시는 것이 어떻겠습니까? 장군께서 아무렇지도 않으시다면 다른 사람도 상관없습니다.

오셀로 그년을 토막 내고 싶다! 간통죄를 범하다니!

이아고 어이구, 부인은 정말 나빴습죠.

오셀로 그것도 내 부하하고!

이아고 그러니 더 나쁘죠.

오셀로 독약을 갖고 오너라, 이아고. 오늘 밤 당장! 변명을 듣지 않을 것이다. 아름다운 그녀의 모습을 보고 있으면 결심이 무너질지도 모르니. 오늘 밤 당장, 이아고.

이아고 독약 같은 것은 쓰지 마세요. 잠자리에서 목을 조르세요. 그녀가 더럽힌 그 침대에서 말입니다.

오셀로 좋아, 좋아! 그 판결이 더 마음에 든다. 아주 좋았어!

이아고 캐시오의 처형은 저에게 맡겨주십시오. 한밤중이 되면 소식을 듣게 될 것입니다.

오셀로 아주 좋아. (안에서 나팔 소리) 저 나팔 소리는 무엇인가?

　　　　로도비코, 데스데모나, 시종들 등장.

이아고 베니스로부터 소식이 온 모양입니다. 공작님이 보내신 로도비코 님이 오셨습니다. 데스데모나 부인도 함께 계십니다.

로도비코 안녕하십니까, 장군?

오셀로 잘 오셨습니다.

로도비코 공작님과 베니스 의원들로부터의 문안 인사를 전합니다. (오셀로에게 편지를 전한다)

오셀로 기쁜 마음으로 받아보겠습니다. (편지를 펼쳐서 읽는다)

데스데모나 로도비코 오라버님, 새로운 소식이라도 있나요?

이아고 각하, 뵙게 되어 기쁩니다. 키프로스에 오신 것을 환영합니다.

로도비코 고맙네. 캐시오 부관은 어떻게 지내고 있는가?

이아고 원기왕성하시지요.

데스데모나 부관과 장군께서는 슬프게도 사이가 나빠지셨습니다. 오라버님이라면 두 분의 관계를 화해시킬 수 있을 거예요.

오셀로 당신, 확신할 수 있소?

데스데모나 네?

오셀로 (편지를 읽는다)

　　　이 일은 반드시 수행해야 하며, 귀하의—.

로도비코 부르신 게 아니다. 장군은 편지 읽는 데 빠져 계셔. 장군과 캐시오 사이가 원만하지 않단 말이냐?

데스데모나 정말 불행한 일입니다. 두 분 사이가 좋아지는 일이라면 무엇이든 하겠어요. 캐시오 님은 좋은 분이시거든요.

오셀로 에잇, 빌어먹을!

데스데모나 왜 그러세요, 여보?

오셀로 당신 제정신이오?

데스데모나 왜 화가 나셨을까요?

로도비코 아마 편지 탓인가 보다. 그 편지는 캐시오를 후임으로 두고 귀국하라는 내용인 것 같던데.

데스데모나 아이, 기뻐요.

오셀로 정말이오?

데스데모나 네?

오셀로 당신이 미쳐 날뛰는 모습을 보니, 나도 기쁘군.

데스데모나 왜 그러세요, 오셀로 님?

오셀로 악녀! (데스데모나를 때린다)

데스데모나 전 아무 잘못도 없어요.

로도비코 장군, 베니스에서라면 깜짝 놀랄 일이오. 누가 이런 일을 믿어주겠소? 너무하셨소. 위로해주시오, 울고 있잖소.

오셀로 악녀, 악녀! 이 땅덩이가 여자의 눈물로 잉태될 수 있다면, 네년이 흘리는 한 방울의 눈물에서 악어가 태어날 것이다. 내 눈앞에서 꺼져라!

데스데모나 저 때문에 기분이 상하셨다면 물러가지요. (퇴장한다)

로도비코 저토록 유순한 여인을. 장군 붙드시오.

오셀로 부인!

데스데모나 네?

오셀로 저 여자에게 볼 일이 있소?

로도비코 누가요? 제가요?

오셀로 당신이 불러달라고 하지 않았소? 이 여자는 부르는 대로 몇 번이고 돌아서고 돌아서고, 다시 돌아설 수 있습니다. 그리고 울 줄도 알지요, 눈물을 흘립니다! 그리고 시키는 대로 아주 잘 하죠. 복종을 잘 한단 말입니다, 복종을요. 자, 더 울어라. 이 편지는 ─우는 시늉도 잘 하는구나─곧 귀국하라는 명령입니다. ……물러가라, 곧 부르마. ……로도비코, 명령에 복종하여 베니스로 귀국하겠소. ……물러가라니까! (데스데모나, 물러난다) 캐시오를 후임으로 앉히겠소. 자, 로도비코, 오늘 저녁 함께 식사합시다. 키프로스에 잘 오셨소. ……에잇, 쌍년! (퇴장)

로도비코 저 사람이 바로 의원 전체가 입을 모아 완벽하다고 격찬했던 그 고결한 무어인가? 저 사람이 바로 어떠한 감정에도 동하지 않는, 지조 굳다는 바로 그 사람인가? 어떠한 사건과 재난에도 끄떡하지 않는다는 바로 그 장군이란 말인가?

이아고 많이 변하셨습니다.

로도비코 제정신 같지 않아. 머리가 돈 게 아니냐?

이아고 보시는 바와 같습니다. 앞으로 어떻게 될지 예측할 수 없습니다만, 아직 그렇게 된 게 아니라면 차라리 그렇게 되어버리는 쪽이 나을 듯합니다.

로도비코 그게 무슨 짓이야, 아내를 때리다니!

이아고 그건 분명 옳지 않은 일이지요. 그러나 구타 정도로만 끝나주었으면 좋겠군요.

로도비코 늘 저런가? 아니면 그 편지가 마음을 상하게 해서 처음으로 이런 지독한 짓을 저지른 건가?

이아고 아, 정말 큰일입니다! 제가 지금까지 보고 들은 바를 말하지 않는 것이 충직한 태도겠지요. 그러니 직접 잘 관찰해보면 아시게 될 것입니다. 제가 구태여 얘기하지 않더라도 말입니다. 저쪽으로 가서서 그분의 거동을 살피세요.

로도비코　내 그 사람을 잘못 본 게 유감이네. (두 사람 퇴장)

제2장　성 안의 어떤 방

오셀로와 에밀리아 등장.

오셀로　그래, 아무것도 못 봤단 말이냐?

에밀리아　본 적도, 수상하다고 느낀 적도 없습니다.

오셀로　내 아내와 캐시오가 함께 있는 것을 보았을 테지?

에밀리아　하지만 그때 두 분은 수상한 행동은 전혀 하지 않으셨습니다. 두 분 사이에 오간 얘기는 한 마디도 빠뜨리지 않고 들었는걸요.

오셀로　뭐야, 둘이서 속삭이지도 않았단 말야?

에밀리아　절대로 그런 일은 없었습니다.

오셀로　너를 밖으로 내보내지 않았느냐?

에밀리아　그러지 않으셨습니다.

오셀로　그녀가 부채나 장갑, 또는 가면을 갖고 오라는 핑계로 널 밖으로 내보내지 않았어?

에밀리아　결코 그런 일은 없었습니다.

오셀로　거 참 이상한 일이로군.

에밀리아　장군님, 부인이 결백하시다는 것을 제 영혼을 걸어 보증하겠습니다. 만약 달리 생각하신다면, 그런 의심은 버리십시오. 그렇게 생각하시는 건 자신을 모독하는 일입니다. 장군님 머릿속에 그런 의심을 넣어준 놈이 있다면, 그놈한테 하느님이 무서운 벌을 내리실 겁니다. 부인이 결백하지도 정숙하지도 진실하지도 않다면, 이 세상에는 행복한 남자가 한 사람도 없을 것입니다. 아무리 순결한 부인들도 모함받아 모두 부정한 아내가 되고 말테니까요.

오셀로 그녀한테 가서 이리 오라고 해. 어서! (에밀리아 퇴장) 저것도 말은 아주 기막히게 잘 하는군. 하긴 뚜쟁이라면 천치가 아닌 이상 저 정도는 말할 수 있어야지. 데스데모나는 빈틈없는 매춘부로다. 비밀 열쇠를 움켜쥐고도 무릎을 꿇고 기도를 하거든. 그 꼴을 내가 봤지.

    데스데모나와 에밀리아 등장.

데스데모나 무슨 일이시죠?

오셀로 자, 이리 좀 와봐.

데스데모나 왜 그러세요?

오셀로 네 눈을 좀 보자……내 얼굴을 쳐다봐.

데스데모나 무슨 끔찍한 생각을 하고 계신 거예요?

오셀로 (에밀리아에게) 지금껏 해오던 대로 일을 하라. 우리끼리 조용히 있게 문을 꼭 닫아줘. 누가 오면 '흠흠' 하든지 기침을 해. 너의 일을 시작하는 거야, 시작해. 자, 빨리! (에밀리아 퇴장)

데스데모나 부탁이에요, 당신 말씀이 무슨 뜻이지요? 말끝마다 노기가

서려 있군요. 전혀 말뜻을 알아들을 수가 없어요.

오셀로 대체 당신은 누구냐?

데스데모나 당신의 아내죠, 여보. 당신의 진실하고 충실한 아내예요.

오셀로 어떤 맹세를 해도 지옥에 떨어질 뿐이야. 얼굴이 천사같이 생겼으니 악마들은 너를 잡아들이는 것을 꺼려 할 거다. 그러니 결백하다고 맹세를 해놓고 죄를 한 번 더 범하는 것이 좋겠지.

데스데모나 하느님이 알고 계십니다.

오셀로 하느님은 네가 지옥의 죄를 범했다는 것을 알고 계시지.

데스데모나 누구 때문에요? 여보? 누구와 죄를 범했다는 거예요? 어떤 죄악을 범했다는 거죠?

오셀로 아, 데스데모나! 없어져! 없어지라니까!

데스데모나 아, 처참한 날이로다! 왜 눈물을 흘리시는 겁니까? 그 눈물이 저 때문인가요? 혹시 이번 소환이 저의 아버님으로 인한 것이라 하더라도 저를 탓하지는 마세요. 당신이 그분과 인연을 끊으시면 저 역시 끊을 수밖에 없는 거니까요.

오셀로 설사 하느님이 숱한 고난을 내게 안겨 시험한다 할지라도, 온갖 고통과 굴욕을 머리 위에 쏟는다 할지라도, 나를 가난의 구렁텅이 속으로 빠뜨려놓는다 할지라도, 나의 몸과 최고의 소망을 옴짝달싹 못 하게 할지라도 내 마음 한구석에 한 방울의 참을성은 남아 있으련만. 아아, 슬프다. 언제까지나 세상 사람들의 조롱 섞인 손가락질을 받으며 살아야 한다니! ……그것도 나는 참을 수 있다. 쉽게 참아낼 수 있다. 그러나 거기, 네 가슴속에 내 마음을 간직해두지 않았는가. 내가 죽고 사는 일도 바로 거기에 달려 있다. 그 샘으로부터 내 생명의 줄기가 흘러나오고 그 샘이 없으면 이 목숨은 메말라버리는 거다. 그런데 그것이 나를 버리다니! 그 샘을 더러운 두꺼비의 알을 까는 웅덩이로 만들어버리다니! 인내여, 앳된 장밋빛 입술을 한 천사의 얼굴을 이젠 치워라. 지옥 같은 험상궂은 얼굴을 보여라!

데스데모나 여보, 제가 결백하다는 것을 믿어주세요.

오셀로 오, 그래. 도살장에 우글거리는 여름철 쉬파리같이 알을 깠다 하면 어느새 또 알을 밴단 말이야. 독초 같은 여자. 그토록 상냥하고 아름답지만, 그토록 향긋한 냄새를 풍기고 있지만, 사람의 감각을 마비시키는 당신은 태어나지도 말았어야 했어!

데스데모나 나도 모르게 죄를 범했단 말인가?

오셀로 이 깨끗한 종이는, 이 아름다운 책은 '갈보'라는 글씨를 쓰기 위해 만들어졌는가? 무슨 부정을 저질렀느냐고? 저질렀지! 이 갈보 년! 너의 행실을 입 밖에 내는 것만으로도 내 뺨은 빨갛게 달아오르고, 수치심이 활활 타올라 재가 된다. 부정을 저질렀고말고! 하늘도 코를 막고 달님도 눈을 가릴 것이다. 닥치는 대로 입을 맞추는 음탕한 바람도 땅속 구덩이 속으로 몸을 숨기고 네가 한 짓을 들으려 하지 않을 거다. ……무슨 죄를 범했느냐고? 뻔뻔스러운 창부 같으니!

데스데모나 정녕코 억울한 말씀만 하고 계십니다.

오셀로 네가 갈보가 아니라고?

데스데모나 아니오, 저는 기독교인입니다. 남편을 위해 이 몸을 깨끗하게 지키면서 더럽고 불미스러운 손길이 닿지 않도록 애써 왔습니다. 그런데 저를 창부라고 하시다니, 그렇지 않습니다.

오셀로 뭐라고! 창부가 아니라고?

데스데모나 아닙니다. 전 구원받을 몸입니다.

오셀로 정말인가?

에밀리아 등장.

데스데모나 오, 하느님!

오셀로 미안하게 됐군. 난 당신이 이 오셀로와 결혼한 베니스의 창부가 아닌가 했지. (소리 높여) 이봐요, 성 베드로 성당 건너편의 지옥의 문지기여! 어이, 너, 너, 너! 이쪽 일은 끝났네. 수고한 대가를 받아라. 문을 잠그고, 비밀을 지켜라. (퇴장)

에밀리아 저런, 저분이 대체 무슨 생각으로 저러시는 걸까? 마님 어찌 된 영문입니까? 마님, 왜 그러세요?

데스데모나 꼭 꿈속을 헤매는 것 같아.

에밀리아 마님, 각하께서 왜 저러실까요?

데스데모나 누가?

에밀리아 아이, 각하께서 말씀이에요.

데스데모나 각하라니, 누구 말이냐?

에밀리아 마님의 주인어른 말입니다.

데스데모나 내겐 남편이 없단다, 에밀리아. 내게 말을 시키지 말아라. 울 수도 없는 심정인데, 대답을 하려니 눈물이 나올 것 같구나. 오늘 밤에는 잊지 말고 내 침대 위에 결혼식 날 덮었던 이불을 준비해줘. 그리고 에밀리아의 남편을 이리 불러줘.

에밀리아 정말 이상해지셨어! (퇴장)

데스데모나 이런 꼴을 당하는 것도 당연한 일이지. 아주 당연한 일이야. 내가 어쨌길래 그분이 티끌 만한 일을 가지고도 저토록 나를 의심하시는 걸까?

　　　　이아고와 에밀리아 등장.

이아고 부르셨습니까, 부인? 무슨 일이 있으십니까?

데스데모나 아무 말도 할 수 없구려. 어린애를 가르칠 때는 쉬운 것부터 부드럽게 가르치는 법인데. 그분이 나를 야단치신 것도 그런 의미에서였겠지. 정말이지 나는 야단맞을 땐 꼭 어린애 같다니까.

이아고 부인, 대체 무슨 일입니까?

에밀리아 글쎄 각하께서 마님더러 창부라고 하시며 지독한 욕지거리를 퍼부으셨어요. 마님께서 그런 욕을 듣고 어떻게 견디실 수 있겠어요?

데스데모나 이아고, 내가 그런 여자인가요?

이아고 뭐라고 하셨길래요?

데스데모나 방금 에밀리아가 말한 그대로예요.

에밀리아 마님을 창부라고 부르셨어요. 술에 취한 거지도 자기 아내를 그렇게는 부르지 않을 거예요.

이아고 어째서 그런 소리를 하셨을까요?

데스데모나 몰라요. 나는 그런 여자가 아닌데.

이아고 울지 마십시오, 울지 마세요. 정말 안타까운 일이군요!

에밀리아 그토록 많은 좋은 혼처를 마다하시고 아버지와 고향, 그리고 여러 친구들을 버리고 떠나오셨는데, 끝내는 창부라는 누명까지 쓰셨으니! 누군들 울지 않을 수 있겠어요?

데스데모나   모두 내 운명 탓이지.

이아고   장군님이 너무하셨군! 어째서 그런 변덕이 일어나셨을까?

데스데모나   몰라, 하늘도 모르는 일이야.

에밀리아   어떤 심술궂은 놈팡이나, 비위나 맞추는 어떤 아부꾼이나 사기꾼, 그렇잖으면 허풍선이나 노예 놈이 한자리 얻으려고 꾸며낸 중상모략일 거예요. 제 말이 틀렸으면 목을 매달아도 좋아요.

이아고   바보 같으니라구. 그런 놈이 어디 있겠어? 그럴 리 없어!

데스데모나   그런 악한이 있다 하더라도 하느님은 반드시 그를 용서하실 거야!

에밀리아   용서구 나발이구 없어요. 그놈을 지옥으로 집어던져 뼛골까지 씹어 먹히게 해야 해요! 어떻게 창부라고 부를 수가 있지요? 누구를 상대했다는 거예요? 어디서? 언제? 어떻게? 증거가 뭐예요? 장군님은 어느 못되고 비열하고 고약한 악당 놈에게 속으신 거야. 오, 하느님, 그 불한당을 밝고 환한 곳으로 끌어내소서. 그리하여 정직한 사람에게 회초리를 주어 그놈을 발가벗겨 채찍질해서 이 세상 동쪽 끝에서부터 서쪽 끝까지 질질 끌고 다니게 해주소서!

이아고   문 밖에서 누가 들을라.

에밀리아   망할 자식! 내가 장군님과 수상쩍다는 말을 퍼뜨려 당신의 마음을 뒤집어놓은 것도 바로 그놈일 거야.

이아고   바보 같은 소리를 지껄이고 있군.

데스데모나　이봐요, 이아고, 어떻게 해야 그분의 마음을 되돌릴 수 있을까요? 가서 그분을 만나보세요. 어쩌다 그분의 마음을 벌집 쑤시듯 노여움을 사게 해드렸는지 모르겠어요. 무릎 꿇고 맹세할 수 있어요. 마음으로나 행동으로나 티끌만큼도 그분의 사랑을 배반할 생각은 해본 적이 없을 뿐만 아니라, 내 눈과 귀 그리고 어떤 감각도 다른 사람에게 쏠린 적이 없어요. 지금이나 과거에 있어, 또 앞날에 있어서 — 설사 그분이 나를 버리는 일이 있더라도 — 내 사랑은 식지 않을 거라고 나는 맹세할 수 있어. 이것이 거짓말이라면 나는 어떤 일을 당해도 좋아! 버림받는 건 괴로운 일이야. 그분이 나를 버리시다니, 나는 살고 싶은 마음도 없어. 그래도 내 애정만은 변함이 없어. 어떻게 창부라는 말을 입에 담으실 수 있을까? 혀끝에 올리기만 해도 소름이 끼치는데. 이 세상 모든 보물을 준다 해도 나는 그런 말을 할 수 없어.

이아고　진정하세요. 그분의 일시적인 기분일 뿐일 거예요. 나라 일이 그분의 마음을 상하게 해서 부인께 화풀이를 하신 것뿐이에요.

데스데모나　제발 그뿐이라면…….

이아고　그뿐일 겁니다. (안에서 나팔 소리) 저녁식사 시간을 알리는 나팔 소리군요. 베니스의 사신께서도 만찬에 초청을 받으셨습니다. 가시지요, 눈물을 닦으시고. 모든 일이 잘 되어 나갈 겁니다. (데스데모나와 에밀리아 퇴장)

　로더리고 등장.

웬일이세요, 로더리고 님?

로더리고 나를 이 꼴로 만들어놓고, 팔자 한번 편하구나.

이아고 무엇이 잘못되었습니까?

로더리고 매일 요리조리 피하고 있잖아, 이아고. 지금 생각해보니, 자네는 나를 위해 여러 가지 편의를 봐주는 척하면서 오히려 방해하고 있어. 더 이상 참을 수 없다. 뭐라고 변명해도 난 지금까지 바보 취급당한 것을 용서할 수 없어.

이아고 로더리고 님, 들어보세요.

로더리고 듣는 것에는 이제 질렸다. 넌 말하는 것과 행동하는 것이 전혀 달라.

이아고 당신의 비난은 부당합니다.

로더리고 정당하다. 난 돈까지 몽땅 탕진해 버렸어. 데스데모나에게 준다고 가지고 간 보석들만 해도 어떠한 수녀라도 구워 삶을 수 있을 정도였어. 그녀가 그 보석을 받아들고 기뻐하면서 나를 만나봤으면 하더라고 네가 말했지? 그런 말로써 나를 기쁘게 하고, 잔뜩 기대에 부풀게 한 다음 깜깜 무소식이니 어찌 된 영문이냐?

이아고 잘 될 거예요, 기다리세요. 아주 잘 될 거라고요.

로더리고 잘 될 거라고? 기다리라고? 나는 기다릴 수도 없고 전혀 잘 되고 있지도 않아. 무엇이 잘 된다는 거냐? 가증스러운 노릇이지. 어리숙하게 속고만 있지는 않을 테다.

이아고 좋아요.

로더리고 너한테 말해두겠는데, 결코 좋지 않을 거다. 내가 직접 데스데모나를 만나보겠다. 그녀가 내 보석을 돌려주겠다고 하면 나도 내 생각을 단념하고 이 사랑의 불장난을 뉘우치겠지만, 만약에 안 돌려주면 나는 어김없이 너에게 손해배상을 청구할 것이다.

이아고 분명히 그렇게 말씀하셨습니다.

로더리고 말했으니 꼭 실천에 옮길 테다.

이아고 당신이 용감한 사람이라는 걸 난 오늘에서야 알았소이다. 앞으로는 달리 보겠습니다. 자, 악수합시다. 로더리고 님. 당신이 화를 내는 것도 무리는 아니죠. 그러나 분명히 말해둘 것은, 나는 이 일에 직접 뛰어들어 당신을 위해 열심히 일했다는 사실입니다.

로더리고 그렇게 보이질 않는데.

이아고 아직까지는 보이지 않겠죠. 그러니 당신이 의심하시는 것도 당연합니다. 하지만 로더리고 님, 오늘 당신이 보여준 그 결심과 용기를 대하고 보니 마음 든든하군요. 그것이 진정이라면 오늘밤 그것을 한번 보여주시겠소? 그 대가로서 내일 밤 당신이 데스데모나와 즐길 수 없다면, 수단 방법을 가리지 말고 나를 이 세상에서 쫓아내도 좋습니다. 당신을 배반한 죄로 말입니다.

로더리고 그래, 그것이 뭔데? 정당한 이유와 가능성이 있는 거겠지?

이아고 들어보세요. 베니스에서 온 특명으로 오셀로 자리에 캐시오가 대신 앉게 되었습니다.

로더리고 그게 정말이냐? 그렇다면 오셀로와 데스데모나는 베니스로 돌아가겠군?

이아고 그렇지 않아요. 그 녀석은 아름다운 데스데모나를 데리고 모리테이니어로 갑니다. 우발적인 사건이라도 터져서 이곳 생활이 연기되지 않으면 말입니다. 그의 체재를 연기하는 최선의 방법은 캐시오를 제거하는 일입니다.

로더리고　없애다니, 그게 무슨 뜻인가?

이아고　머리통을 박살 내어 그놈이 오셀로 자리에 앉지 못하게 하는 일
이지요.

로더리고　그 일을 나보고 하라는 건가?

이아고　그렇습니다. 자신의 이익과 당연한 권리를 위해서 할 수 있는 용
기가 있다면 말입니다. 그놈이 오늘 밤 갈보 년 집에서 저녁식사
를 하는데, 나도 그곳에 갈 예정입니다. 그놈은 아직도 자신의
영전을 알지 못하고 있어요. 그놈이 돌아가는 길목을 지키고 있
다가 ― 시간은 12시와 1시 사이가 되도록 제가 꾸밀 테니 ― 마
음 내키시는 대로 해치우십시오. 제가 옆에서 도와드릴 테니 협
공이 되는 셈이죠. 자, 갑시다. 놀라서 멍청히 서 계실 것 없습니
다. 그놈이 죽어야 할 이유를 설명해드릴게요. 얘기를 들으시면
당신이 이 일을 하지 않을 수 없게 될 겁니다. 마침 저녁 시간이
되었군요. 우물쭈물하다가는 날이 다 새겠어요. 착수합시다.

로더리고　좀 더 자세히 이유를 설명해주게.

이아고　들으시면 납득이 잘 가실 겁니다. (두 사람 퇴장)

제3장　성 안의 다른 방

오셀로, 로도비코, 데스데모나, 에밀리아, 시종들 등장.

로도비코　인제 그만 들어가시지요.

오셀로　괜찮습니다. 저도 산책하고 싶습니다.

로도비코　부인, 좀 쉬시지요. 환대해줘서 감사하오.

데스데모나　오셔서 기뻤습니다.

오셀로　그럼 가실까요?……참, 데스데모나!

데스데모나　네?

오셀로　곧 잠자리에 드시오. 내 곧 돌아오리다. 하녀도 물러가게 하오, 알겠소?

데스데모나　네, 알겠어요. (오셀로, 로도비코, 시종들 퇴장)

에밀리아　어찌 된 일일까요? 아까보다 부드러워지셨네요.

데스데모나　곧 돌아오신대. 나보고 먼저 잠자리에 들라고 하시는군. 너는 물러가게 하고 말이야.

에밀리아　물러가라고요?

데스데모나　그분의 분부셔. 그러니 에밀리아, 내 잠옷을 갖다주고는 가서 자요. 더 이상 그분을 화나게 하면 안 돼.

에밀리아　부인께서 그분을 만나지 않았어야 옳았어요!

데스데모나　나는 그렇게 생각지 않아. 나는 진정으로 그분을 사랑하고 있어. 그렇기 때문에 그분이 고집을 부리셔도, 야단을 치셔도, 투정을 하셔도 — 이 핀 좀 뽑아 줘 — 나는 마냥 즐겁고 기쁘기만 해.

에밀리아　분부하신 그 이불을 침상에 깔아놨습니다.

데스데모나　아무래도 좋아. 사람의 마음은 왜 이다지도 어리석을까! 내가 너보다 먼저 죽게 되면 저 이불로 나를 감싸줘.

에밀리아　부인, 그게 무슨 말씀이세요?

데스데모나 우리 어머니는 바바라라고 하는 하녀를 거느렸었어. 그 처녀가 사랑에 빠졌지. 그런데 그녀의 애인이 미쳤지 뭐야. 그래서 그 처녀를 버렸어. 그 처녀는 〈버드나무의 노래〉라는 곡을 부르곤 했지. 오래된 노래였지만, 그 처녀의 운명을 노래한 것이었어. 그 노래를 부르면서 그 처녀는 죽었지. 그 노래가 오늘 밤 유난히 되살아나 못 견디겠구나. 나도 가련한 바바라처럼 고개를 갸우뚱하고 그 노래를 부르고 싶다. 자, 이제 가봐요.

에밀리아 잠옷을 갖고 올까요?

데스데모나 괜찮아, 이 핀만 좀 뽑아줘. 로도비코 오라버님은 참으로 훌륭한 분이셔.

에밀리아 네, 멋진 분이십니다.

데스데모나 말씀도 잘 하시고.

에밀리아 그분의 입술에 입 맞출 수만 있다면 팔레스타인까지 맨발로 걸어가도 좋다는 여자가 베니스에 있었습니다.

데스데모나 (노래한다)

무화과나무 그늘 아래 앉아
불쌍한 여인 노래를 하네,
푸른 버드나무를 노래하네.
가슴에 손을 얹고 무릎에 머리를 놓고
버들, 버들, 버들 노래 부르세.
맑은 시냇물이 그녀 곁에 흐르네,
흐르면서 그녀와 함께 한숨짓네.

버들, 버들, 버들 노래 부르세,
그녀의 눈물방울에 굳은 바위 녹아 내리네.

이걸 저리 좀 치워줘. (노래한다)

버들, 버들, 버들 노래 부르세.

빨리 서둘러, 그분이 곧 오실 테니. (노래한다)

푸른 버들을 노래하세,
버들가지는 나의 화환.
그를 원망 마라, 그의 경멸은 당연하다.

아니야, 그 다음 소절은 이게 아닌데. 쉿! 누가 문을 두드리고
있어.

에밀리아   저건 바람소리예요.

데스데모나   (노래한다)

남의 사랑 거짓이라 했더니
그때 님은 뭘 말했나.
버들, 버들, 버들 노래 부르세.
내 다른 여자 사랑하거든
당신도 다른 남자 데려와 자라.

자, 가요, 어서 가. 잘 자. 눈이 가렵군. 눈물이 나오려나?

에밀리아 그렇지 않을 겁니다.

데스데모나 그렇다던데. 아, 남자들, 남자들! 정말 그렇게 생각해, 에밀리아? 말해봐. 정말 이 세상에 남편을 흉측하게 속여먹는 여자들이 있을까?

에밀리아 그야, 그런 여자들이 있긴 하죠.

데스데모나 이 세상을 몽땅 준다면 넌 그런 짓을 할 수 있겠어?

에밀리아 부인은 안 그러시겠어요?

데스데모나 절대로 그럴 수 없어. 하늘에 맹세코 그럴 수 없지.

에밀리아 저도 할 수 없지요. 햇살이 비치는 동안은요. 어둠 속에서는 할 수 있을 것 같아요.

데스데모나 이 세상 다 준다면, 할 수 있겠어?

에밀리아 이 세상은 엄청나게 큽니다. 작은 악행에 포상은 큽니다.

데스데모나 정말이지 너는 못할 것 같애.

에밀리아 아닙니다, 저는 할 수 있을 것 같아요. 해치운 다음의 뒤처리는 깨끗이 해놓을 작정이에요. 하지만 반지나 옷감 몇 필이나 저고리, 속옷, 모자, 약간의 용돈 정도를 받고는 할 수 없습니다. 그러나 전 세계를 준다면야 할 수 있죠! 제 남편을 임금으로 만들기 위해서라면, 잠깐 다른 남자와 재미보는 것쯤은 할 수 있죠. 저는 지옥까지라도 가라면 가겠어요.

데스데모나 세상 다 줘도 나는 그런 나쁜 짓 못해.

에밀리아 악행은 이 세상에서 악행이죠. 자신의 노력으로 세상을 차지했으면 자신의 세계에서 악행으로 끝납니다. 그렇다면, 자신의 죄가 아니라고 판정하면 됩니다.

데스데모나 그런 여자가 설마 있겠느냐?

에밀리아 있지요. 한 다스 정도는 있지요. 놀아나는 세상에 그런 여자들은 가득 넘쳐요. 그러나 여자가 나쁜 짓을 하는 것은 결국 남편이 잘못하기 때문이라고 저는 생각해요. 자기 일을 게을리하고 여편네 주머니를 다른 여자한테 털어주면서, 갑자기 이유 없이 질투심에 사로잡혀 우리네 여자들을 가두어두고 때리며 심술궂게 용돈까지 줄이기 때문이죠. 우리도 성미가 있지요. 아무리 여자가 부드러운 존재라 할지라도, 조금씩은 복수를 하고 싶지요. 아내들도 남자와 똑같이 느끼며 산다는 사실을 남편에게 가르쳐주고 싶거든요. 아내들도 남편들처럼 눈과 코가 있고, 단맛 쓴맛 다 안다는 것을 남편들이 알아야 합니다. 대체 남편들이 우리들을 딴 여자들과 바꿔치기하는 까닭이 무엇일까요? 장난삼아 그러는 걸까요? 그럴 수도 있지요. 혹시 사랑에 눈이 멀어서일까요? 그럴 수도 있겠지요. 과오를 범하는 것은 바람기 때문일까요? 그럴 수도 있겠죠. 그러나 여자들도 자기들처럼 사랑도 느낄 수 있단 말이에요. 욕정도 있어요. 바람기도 있어요. 그러니 여자들을 잘 다루어야 합니다. 여자들이 잘못하는 일은 모두 남자들이 잘못 행동한 결과라는 것을 남자들은 알아야 합니다.

데스데모나 잘 자, 잘 자요. 하느님, 제발 힘을 빌려주십시오. 나쁜 일을 통해서, 그것을 배우지 말고 과오를 통해 회개할 수 있도록 해주십시오. (퇴장)

제5막

제1장 키프로스의 거리

이아고와 로더리고 등장.

이아고 여기, 이 노점 뒤에 서 계세요. 그놈이 곧 올 것입니다. 칼을 빼들고 있다가 푹 찌르면 되는 겁니다. 자, 서둘러요, 서둘러. 겁내실 것 없어요. 내가 옆에 바싹 붙어 있을 테니까요. 일이 되느냐 안 되느냐는 바로 이 거사에 달려 있어요. 잘 생각하고 단단히 결심하세요.

로더리고 옆에 있어주게, 실수하면 곤란하니.

이아고 옆에 있겠어요. 용감하게 버티고 서 있다가 칼을 내리치세요. (이아고, 그늘에 숨는다)

로더리고 마음이 썩 내키진 않지만, 들어보니 할 만한 이유는 충분하군. 놈팡이 하나가 세상에서 사라져갈 뿐이다. 칼을 빼자. 이것으로 그놈을 죽이자!

이아고 저 여드름쟁이 풋내기 녀석을 아프도록 비벼놓았더니 터질 지경이 되었네. 저놈이 캐시오를 해치우든 캐시오가 저놈을 해치우든 서로 찌르고 함께 죽든 간에 소득을 얻는 것은 나뿐이로다. 그러나 로더리고가 살아남으면, 데스데모나에게 준다고 그놈한 테서 얻어낸 막대한 금은보석을 돌려달라고 할 것이 분명한데 그건 어림도 없지. 그리고 만약 캐시오가 살아남으면 한평생 우쭐해서 지낼 테니 내 모양이 처량할 거야. 더욱이 무어 녀석이 내가 한 말을 그에게 할지도 몰라. 그렇게 되면 내 입장이 위태로워지지. 캐시오 놈도 살려둘 수 없어. 가만있자, 오는 모양이군.

　　　캐시오 등장.

로더리고　발소리만 들어도 그놈을 알 수 있다. 틀림없어. 악당아, 네놈은 죽었다! (캐시오에게 덤벼든다)

캐시오　까딱했으면 칼침을 맞을 뻔했군. 그러나 내 겉옷은 보기보단 고급이지. 네놈 옷은 어떤지 시험해보자. (칼을 뽑아서 로더리고를 찌른다)

로더리고　아아, 나 죽는다! (이아고가 뒤에서 캐시오의 다리에 상처를 입히고 퇴장)

캐시오　아, 지독한 상처를 입었군. 사람 살려! 여봐라! 살인이다! 살인! (쓰러진다)

　　　오셀로 등장.

오셀로　캐시오 목소린데. 이아고가 약속대로 이행하나 보군.

로더리고　아, 내가 나쁜 놈이었어!

오셀로　물론 그렇고말고.

캐시오　사람 살려! 어어이! 불을 밝혀라! 의사를 불러라!

오셀로　그놈이로군! 용감하고 성실하고 공정한 이아고, 내 치욕을 끔찍히 생각해주는구나. 너한테 배운 바 크다! 화냥년, 너의 상대자가 이렇게 죽었다. 저주받은 네 운명도 곧 끝장날 것이다. 창부여, 기다려라! 너의 매력도, 아름다운 눈매도 이미 내 가슴속에서 사라진 지 오래다. 부정으로 더럽혀진 네 잠자리를 부정한 피로 물들여 줄 테다. (오셀로 퇴장)

로도비코와 그레이샤노 등장.

캐시오 어어이, 여봐라! 야경꾼도 없느냐? 지나가는 사람도 없느냐? 살인이다, 살인!

그레이샤노 심상치 않은 일이 생겼나보군. 다급한 목소리인 걸 보니.

캐시오 사람 살려!

로도비코 들어봐요!

로더리고 아, 비열한 놈!

로도비코 두세 사람이 신음하고 있는 것 같습니다. 음산한 밤이군요. 계략이 있는 듯해요. 섣불리 우리끼리만 저 소리에 접근했다간 위험할 것 같은데요.

로더리고 아무도 없소? 이젠 틀렸다. 출혈이 너무 심해.

이아고가 횃불을 들고 등장.

로도비코 저런!

그레이샤노 누군가 속옷 바람으로 오는군. 횃불과 무기를 들고 있는데.

이아고 거기 누구요? 살인이라고 소리친 자가 누구요?

로도비코 우리도 모르겠소.

이아고 고함소리를 들었죠?

캐시오 여기다, 여기! 부탁이네, 도와주게!

이아고 무슨 일이오?

그레이샤노 오셀로의 기수 아닌가?

로도비코 그렇군요. 아주 용감한 자지요.

이아고 누구냐, 그토록 처량하게 고함을 지르는 자가?

캐시오 이아고인가? 아아, 나는 당했다. 괴한에게 당했다! 나 좀 도와주
게.

이아고 아아, 부관님이시군요! 어느 놈이 이런 짓을 했습니까?

캐시오 저기 한 놈이 도망치지 못하고 뻗어있네.

이아고 나쁜 자식! (로도비코와 그레이샤노에게) 거기 있는 댁은 뉘시오? 이
리 와서 좀 도와주십시오.

로더리고 나 좀 살려주시오!

캐시오 저놈이 한 패거리야.

이아고 이 살인자! 죽일 놈! (로더리고를 칼로 찌른다)

로더리고 죽일 놈의 이아고 자식! 개 같은 자식! ……으윽. (기절한다)

이아고 어둠 속에서의 살인이라? 그런데 살인강도들은 어디로 도망친
거야? 아니, 이 도시는 어쩌면 이렇게도 조용하지? 어어이, 살인
이다! 살인이야!

　　로도비코와 그레이샤노, 앞으로 나선다.

　　당신들은 누구요? 우리 편이오, 악한들 편이오?

로도비코 잘 보고 말해라.

이아고 로도비코 님이 아니십니까?

로도비코　그렇다.

이아고　상처는 어느 정도예요, 캐시오 님?

캐시오　다리가 부러졌네.

이아고　큰일 났군요! 여러분들께는 횃불을 부탁드리겠습니다. 다친 데
는 제 속옷으로 동여매드리지요.

　　비앙카 등장.

비앙카　무슨 일이죠? 고함친 사람이 누구예요?

이아고　고함친 사람이 누구냐고?

비앙카　아, 나의 사랑하는 캐시오군요! 사랑하는 캐시오! 아아, 캐시오,
캐시오!

이아고　과연 이름난 창부로군! 캐시오 님, 이 사건의 범인이 누구일지
의심가는 사람을 말해보세요.

캐시오　전혀 짐작이 가지 않아.

그레이샤노　이런 식으로 당신을 뵙게 되다니 유감이오. 그동안 당신을
찾고 있었는데.

이아고　양말 대님을 좀 빌려주세요. 됐습니다. 편안하게 앉혀서 운반할
의자가 있었으면 좋으련만!

비앙카　아, 기절하시네! 오, 캐시오, 캐시오, 캐시오!

이아고　여러분, 제 생각으로는 이 사건에 이 비앙카 계집의 한 다리가
끼여 있는 듯합니다. 캐시오 님, 조금만 더 참으세요. 정신차리
세요. 자, 횃불을 이리 줘보시오, 이놈이 누군지 얼굴을 확인해
봐야겠소. 아니, 이 사람은 우리 고향 친구인 로더리고가 아닌

가? 설마, 그렇지만 맞아, 확실하군. 아, 이게 무슨 변이란 말인

가, 로더리고!

그레이샤노 뭐야? 베니스 사람이란 말이야?

이아고 네, 그렇습니다. 이자를 아십니까?

그레이샤노 그럼, 알고말고.

이아고 그레이샤노 님이십니까? 용서해주십시오, 보시는 바와 같이 이

렇게 소동 중이라 정신이 없어 너무 버릇없이 굴었습니다.

그레이샤노 자네를 만나서 기쁘네.

이아고 캐시오 님, 어떠세요? 아, 의자를 갖다 줘, 의자를!

그레이샤노 로더리고였다니!

이아고 그렇습니다, 바로 그자입니다.

시종들이 의자를 들고 등장.

아, 잘 됐어, 의자로군! 조심해서 들고 가도록. 저는 장군 전속 외

과의사를 모셔오겠습니다. 이봐, 아가씨, 쓸데없는 짓 마라. 캐

시오 님, 여기 쓰러져 있는 자는 내 친구인데, 이 사람과 어떤 원

한 관계라도 있었나요?

캐시오 아무 유감도 없었어. 나는 그자가 누군지도 몰라.

이아고 (비앙카에게) 안색이 창백해졌군. 어서 집 안으로 옮겨야 해. (캐시

오와 로더리고가 안으로 옮겨진다) 여러분, 잠깐만 기다려주십시오.

아가씨, 얼굴이 창백해 보이는데? 이 아가씨의 겁에 질린 눈동

자가 보이십니까? 그렇게 노려봐도 소용없어. 곧 실토하게 만들

테니. 이 여자를 잘 살펴보십시오. 이 여자의 얼굴을 잘 보십시

오. 아시겠습니까, 여러분? 아무리 입을 꼭 다물고 있어도, 저지른 잘못은 금세 밝혀지는 법이지요.

에밀리아　아니, 이게 대체 무슨 일이람? 여보, 무슨 일이 일어났어요?

이아고　캐시오 님이 어둠 속에서 로더리고와 도망친 그의 일당들에게 피습당하셨어. 거의 죽을 뻔했지. 로더리고는 이미 죽었고.

에밀리아　아, 그분이! 캐시오 님이!

이아고　오입질을 너무 좋아한 탓이지. 에밀리아, 캐시오 님한테 가서 오늘 저녁에 어디서 식사를 하셨는지 알아보고 와요. (비앙카에게) 이 말에 왜 그렇게 떨지?

비앙카　우리 집에서 식사하셨어요. 하지만 그 일 때문에 떠는 건 아니에요.

이아고　오, 그래? 너를 연행한다. 나와 함께 가자.

에밀리아　이 더러운 갈보 년!

비앙카　나는 매춘부가 아니에요. 나에게 악담을 퍼붓는 당신처럼 나도 떳떳하게 생활하고 있다구요.

에밀리아　나처럼이라고? 흥! 개소리 마!

이아고　여러분, 캐시오 님이 치료받는 것을 보러 갑시다. (비앙카에게) 이봐, 너도 와라! 더 듣고 싶은 게 있어. 에밀리아, 성으로 가서 장군님 내외분께 이 사건을 알려드려. 여러분, 함께 갑시다. (방백) 오늘 밤이야말로 일의 성공 여부가 결판나는 아슬아슬한 고비가 되겠구나. (퇴장)

제2장 성 안의 침실

데스데모나가 침대에서 자고 있다. 오셀로, 등불을 들고 등장.

오셀로   모두가 너의 죄 때문이다, 너의 죄 때문이야. 순결한 별들이여, 다시는 이 일을 입 밖에 내지 않도록 해다오! 너의 죄 때문이다. 그러나 네 피를 흘리게 할 수는 없다. 눈보다 희고 대리석처럼 매끄러운 너의 피부에 상처를 낼 수는 없다. 그러나 너는 죽어야 한다. 살려두면 더 많은 남자들을 배신할 게 아닌가. 먼저 등불을 끄자. 그리고 나서 저 생명의 불을 끄자. 그러나 등불이여, 너의 불을 끄고 나서도 끈 것이 후회스러우면 다시 켤 수도 있지만 정교한 자연의 조화인 아름다운 너의 육체의 불은 한 번 꺼지면 다시 켤 수 없구나. 너의 불꽃을 다시 켤 수 있는 프로메테우스의 불을 찾아 나는 어디를 헤매야 한단 말인가? 한번 꺾어버린 장미는 다시 되살릴 수 없다. 시들어버리는 운명을 맞게 되는 것이다. 나무에 붙어 있는 동안 향기를 맡도록 하자. (입을 맞춘다) 아, 달콤한 입김이여, 정의의 칼자루를 꺾게 만드는구나! 한 번만 더, 한 번만 더 입을 맞추자. 죽어도 이대로 있어다오. 나는 너를 죽이고 나서 너를 껴안을 것이다. 한 번만 더, 이번이 마지막이다. 이토록 아름다우면서 이토록 죄 많은 여인이 또 있을까? 눈물을 억누를 수 없구나. 가혹한 눈물이로다. 아, 이 거룩한 슬픔이여, 사랑하기 때문에 죽여야 하다니. 눈을 뜨는군.

데스데모나   누구세요? 오셀로?

오셀로 그렇소, 데스데모나.

데스데모나 안 주무세요?

오셀로 오늘 밤 기도는 끝났소, 데스데모나?

데스데모나 네.

오셀로 죄를 범했음에도 아직까지 하느님께 용서를 빌지 않은 일이 있으면, 지금 비시오.

데스데모나 당신, 무슨 말씀을 하시는 겁니까?

오셀로 하여튼 하라면 하시오. 간단히 하도록 해요. 내가 이 근처를 거닐고 있을 테니. 마음의 준비가 되어 있지 않은데, 어떻게 죽일 수가 있겠소? 결코 그럴 수는 없어! 당신의 영혼을 죽이고 싶진 않소.

데스데모나 죽인다고요?

오셀로 그렇소.

데스데모나 아, 하느님, 자비를 베푸소서!

오셀로 아멘. 마음속으로 나도 함께 기도하겠소!

데스데모나 그러시다면 절 죽이지는 말아주세요.

오셀로 으흠!

데스데모나 당신이 두렵습니다. 그렇게 눈동자를 굴리실 때에는 심상치 않습니다. 왜 이다지도 무서울까요? 나쁜 짓이라고는 전혀 한 적이 없는데, 그래도 여전히 두렵기만 하네요.

오셀로 저지른 죄를 생각하시오.

데스데모나 당신을 사랑한 죄뿐입니다.

오셀로 그렇기 때문에 죽어야 하오.

데스데모나   사랑하기 때문에 죽어야 하다니요? 그런 죽음을 저는 알지
   못합니다. 어째서 그토록 입술을 깨물고 계십니까? 어떤 무서운
   생각으로 온몸을 떨고 계시는군요. 그런 예감이 듭니다. 그러나
   설마 저를 죽이지는 않겠죠?

오셀로   입 다무시오, 조용히!

데스데모나   그러겠습니다만, 어찌 된 일입니까?

오셀로   내가 그토록 아끼던 손수건, 당신에게 주었던 그 손수건을 당신
   은 캐시오에게 주었소.

데스데모나   아니에요. 절대로 준 적 없어요. 맹세해요! 그에게 사람을 보
   내 물어보세요.

오셀로   잘 생각해보시오. 거짓 맹세를 하면 못쓰오. 당신은 어차피 이
   침대에서 죽어야 할 몸이니까.

데스데모나   하지만 아직은 죽을 때가 아니에요.

오셀로   아니, 곧 죽게 될 거요. 그러니 정직하게 죄를 고백해야 하오. 매
   번 맹세를 하면서 한 가지 한 가지 취소하더라도 소용없소. 내가
   이토록 괴로워하는 것은 충분한 근거가 있기 때문이니, 이것을
   제거하거나 취소할 수는 없소. 당신은 죽어야 하오.

데스데모나   하느님, 은총을 베푸소서!

오셀로   아멘.

데스데모나   당신도 저에게 은혜를 베푸세요. 당신을 배반한 적은 한 번
   도 없습니다. 캐시오 님을 사랑한 적도 없고요. 그저 하느님도
   허락하시는, 흔한 이 세상의 호의를 가졌을 뿐이지요. 선물을 준
   적도 없고요.

오셀로 내 손수건을 캐시오가 손에 들고 있는 것을 보았소! 거짓말도 잘 하는군! 내 마음을 당신은 돌로 만들고 있소. 내가 하려는 이 일을 단순한 살인 행위로 생각지 마오. 희생물을 바치는 일이니까. 나는 손수건을 보았소.

데스데모나 그 사람이 주웠을 거예요. 전 절대로 준 적이 없습니다. 사람을 시켜 그를 이곳으로 불러오세요.

오셀로 그는 이미 고백했소.

데스데모나 네? 그게 정말이에요?

오셀로 당신에게 손을 댔다고 하더군.

데스데모나 어떻게 손을 대요? 부정한 짓을 했다는 겁니까?

오셀로 그렇소.

데스데모나 그렇게 말했을 리 없어요.

오셀로 다시는 그런 말을 못 하겠지. 충직한 이아고가 이미 처치해버렸으니까.

데스데모나 아, 그럼 살해되었단 말이에요, 그분이?

오셀로 그놈의 머리카락 하나하나에 생명이 있어 그걸 다 해치웠다 하더라도, 내 복수에 주린 배를 채우기에는 충분치 않을 거요.

데스데모나 아아, 그분은 계략에 말려든 거예요. 나도 이젠 파멸이구나.

오셀로 닥쳐, 매춘부 년! 내 면전에서 그놈 때문에 눈물을 짜느냐?

데스데모나 저를 내쫓으세요, 여보. 그러나 죽이진 말아주세요!

오셀로 누워 있어. 갈보 년!

데스데모나 내일 죽여주세요. 오늘 밤만은 살려주세요!

오셀로 안 돼, 네가 아무리 기를 써도…….

데스데모나　그러면 30분만이라도!

오셀로　이렇게 된 이상 지체할 수 없다.

데스데모나　제가 기도를 올리는 동안만이라도 살려주세요!

오셀로　이미 너무 늦었어.

데스데모나　오, 주여, 주여, 주여! (오셀로가 데스데모나의 목을 조른다)

에밀리아　(밖에서) 각하, 각하! 여보세요, 각하!

오셀로　이게 무슨 소리야? 아직도 죽지 않았나? 숨통이 끊어지지 않았
나? 잔인하긴 하지만 나에게도 자비심은 있어. 언제까지나 고통
을 받게 내버려둘 수는 없지. 이렇게, 해주자.

에밀리아　(밖에서) 보세요, 각하! 각하!

오셀로　누구냐?

에밀리아　(밖에서) 각하, 드릴 말씀이 있습니다.

오셀로　으흠, 에밀리아로구나. 잠깐이면 된다. 이젠 죽은 모양이군. 캐
시오의 죽음을 보고하러 왔겠지. 조금 전까지만 해도 소리를 바
락바락 지르더니, 앗하, 이젠 꼼짝달싹 못 하는구나. 무덤처럼
조용하다. 안으로 불러들일까? 괜찮을까? 또 움직이는 것 같은
데? 아니군. 어떻게 하는 것이 가장 좋을까? 에밀리아가 방 안에
들어오면 틀림없이 내 아내에게 말을 할 텐데. 아내! 아내! 뭐야,
아내라구? 나에게는 아내가 없어. 아아, 못 견디겠다! 아, 비통할
뿐이다! 당장이라도 일식이 일어나 태양과 달이 빛을 잃고, 놀란
대지가 진동하면서 두 동강이 날 것 같다.

에밀리아　(밖에서) 각하, 부탁입니다. 한 말씀 드려야겠습니다, 각하!

오셀로　너를 깜빡 잊고 있었구나, 에밀리아. 안으로 들어와. 가만있어,

곧 열어주지. 커튼을 쳐놔야겠다. 어디 있느냐? (문을 연다)

에밀리아 등장.

에밀리아 각하, 저쪽에서 엄청난 살인 사건이 일어났습니다!

오셀로 뭐라구! 지금?

에밀리아 네, 지금요.

오셀로 달이 궤도를 벗어났구나. 달이 보통 때보다 더 가까이 지구에 접근하면, 사람들은 돌아버린다고 하더니.

에밀리아 캐시오 님이 로더리고라는 젊은 베니스인을 죽였습니다.

오셀로 로더리고가 죽었다고? 그럼 캐시오는 안 죽었나?

에밀리아 아뇨. 캐시오는 죽지 않았습니다.

오셀로 캐시오가 살았다구? 암살이 빗나갔군. 모처럼의 복수가 헛일이 됐네.

데스데모나 아, 억울하게, 난 억울하게 살해당했네!

에밀리아 각하, 이게 무슨 소립니까?

오셀로 소리라니? 뭐가?

에밀리아 아, 저것은 마님의 목소리가 아닙니까! (커튼을 연다) 사람 살려, 사람 살려, 여보세요, 사람 살려요! 아, 마님 다시 한번 말씀해보세요! 아, 아름다운 데스데모나 마님, 착하신 부인이시여, 말씀해보세요!

데스데모나 나는 죄없이, 까닭 모르게 죽어가네.

에밀리아 누가 이런 짓을 했습니까?

데스데모나 아무도 안 그랬어, 나 자신이 한 짓이야. 잘 있거라. 각하께

안부 전해줘 ─ 아, 잘 있거라! (죽는다)

오셀로　누가 아내를 살해했겠느냐?

에밀리아　세상에, 누가 알겠습니까?

오셀로　스스로 자결했다는 마님의 얘기를 들었지? 내가 한 짓은 아니야.

에밀리아　그렇게 말씀하셨지요. 이 사실을 그대로 보고해야겠어요.

오셀로　그녀는 거짓말쟁이다. 그러니 지글지글 타는 지옥으로 떨어졌을
　　　　　거다. 그녀를 죽인 사람은 나다.

에밀리아　아, 그렇다면 부인은 더욱 천사 같은 분이시고, 당신은 더 흉측
　　　　　한 악마예요!

오셀로　그녀는 못된 짓을 했어, 창부야.

에밀리아　마님을 그렇게 모욕하실 수 있어요? 당신은 악마예요.

오셀로　물거품처럼 들떠서 바람을 피웠지.

에밀리아　마님이 바람났다고 말하는 당신은 불길처럼 분별력이 없는 사
　　　　　람입니다. 부인은 너무나 진실하고 거룩하셨어요!

오셀로　캐시오와 간통했어. 거짓말이라고 생각되면 네 남편에게 물어
　　　　　봐. 내가 정당한 근거에 의하지 않고 이 같은 짓을 저질렀다면,
　　　　　지옥의 밑바닥에 굴러떨어져도 좋아. 네 남편이 모든 것을 알고
　　　　　있다.

에밀리아　제 남편이?

오셀로　그렇다.

에밀리아　부인이 부정한 짓을 했다고 제 남편이 말합디까?

오셀로　그래, 캐시오와 놀아났다더군. 그녀가 정숙한 아내였다면, 비록
　　　　　하느님이 금은보석으로 완전무결한 세계를 또 하나 만들어준다

해도 나는 데스데모나와 바꾸지 않았을 거야.

에밀리아 제 남편이?

오셀로 내 아내에 대해서 제일 먼저 말해준 사람이 네 남편이었어. 성실한 사람이기 때문에 불결한 행위를 마음속으로 증오하고 있었지.

에밀리아 제 남편이?

오셀로 이봐, 왜 그렇게 되풀이하고 있느냐? 네 남편이라고 하지 않았느냐?

에밀리아 아, 부인이! 흉계가 사랑을 망가뜨렸어, 제 남편이 그렇게 말했다고요? 부인이 간통했다고요?

오셀로 그렇다, 네 남편이 말했다, 네 남편이. 내 말 알아듣겠어? 내 친구이며 네 남편인 정직하고 진실한 이아고가.

에밀리아 그가 정말 그런 말을 했다면, 그놈의 더러운 영혼은 날이면 날마다 푹푹 썩어 없어져라! 거짓말도 이만저만한 거짓말이 아닙니다. 부인은 어째서 이런 더러운 남편을 그토록 소중히 여기셨을까.

오셀로 뭐야?

에밀리아 실컷 나쁜 짓을 하시구려. 격에 어울리지 않는 훌륭한 아내를 얻었지만, 이번 일은 용서받지 못할 거예요. 천당에 가기는 다 틀렸지요.

오셀로 입 다물어! 그게 신상에 좋을 거야.

에밀리아 나를 해칠 권리가 있으면 해봐요. 이 이상 더 가슴이 아플 수는 없어. 바보 자식! 얼간이! 쓰레기같이 무식한 녀석! 이게 무슨 짓이야— 내가 칼을 무서워할 줄 알아? 네가 한 짓을 사방팔방에 알리고야 말겠다. 죽이겠으면 죽여 봐라. 사람 살려! 사람 살려! 어어이 사람 살려! 무어 녀석이 부인을 죽였다! 살인이다! 살인이야!

몬타노, 그레이샤노, 이아고, 그 밖의 다른 사람들 등장.

몬타노 무슨 일이오? 장군, 어찌 된 영문이오?

에밀리아 이아고, 당신 잘 됐구려, 살인죄를 온통 혼자서만 짊어지게 되었으니.

일 동 무슨 일이야?

에밀리아 당신도 남자라면 이 악한을 그냥 내버려둘 수는 없을 거예요. 부인이 간통했다는 얘기를 당신한테서 들었다는 거예요. 그런 말을 한적이 없죠? 당신이 그런 악한일 리 없어요. 답답해 죽겠어요, 어서 말해보세요.

이아고 내 생각을 말씀드렸을 뿐이야. 장군 자신이 시인할 만한 것 이외에는 달리 한 말이 없어.

에밀리아 부인이 부정한 짓을 저질렀다고, 당신이 말한 적이 있단 말이에요?

이아고 말했지.

에밀리아 당신, 거짓말했군요. 치사하게 거짓말을 했어요. 맹세코 당신은 무서운 거짓말을 했어요. 캐시오와 부인이 간통을 했다고! 캐시오와 불륜의 관계를 맺었다고 말했단 말이에요?

이아고 그래, 캐시오와 함께. 자, 입 닥치고 있어.

에밀리아 입을 다물 수가 없어. 떠들지 않고는 못 견디겠어. 마님께서 이

침대에서 살해당하셨단 말이에요.

일 동 아, 그런 끔찍한 일이!

에밀리아 당신의 고자질이 살인을 초래했어.

오셀로 다들 너무 놀라지 말게. 모두 사실이야.

그레이샤노 믿을 수 없는 일이오.

몬타노 무시무시한 소행이군!

에밀리아 악행, 악행, 악행! 그래, 생각나는 게 있어. 이상스러운 느낌이 들긴 했지. 아, 지독한 일이구나! 그때에도 미심쩍은 생각은 들었어. 슬픔에 겨워 죽고만 싶구나. 아, 악행이여, 악행이여!

이아고 왜 그래, 미쳤나? 집으로 가, 꺼져!

에밀리아 여러분, 저에게 말할 기회를 주십시오. 아내로서 남편의 말을 들어야 마땅하지만, 이번만은 거역하겠습니다. 이아고, 난 결코 집에 안 돌아가겠어요.

오셀로 으악! 아아아아! (침대에 쓰러진다)

에밀리아 그렇게 쓰러져서 으르렁거리세요. 이 세상 빛을 본 사람 가운데 가장 순결한 여인을 당신이 죽였으니.

오셀로 (일어나면서) 아, 그녀는 더러운 몸이었어! 숙부님, 몰라뵈었군요. 저기, 당신의 질녀가 쓰러져 있습니다. 그녀의 숨통을 이 손으로 막아버렸어요. 참혹하고 무서운 짓을 저질렀다는 것은 저도 알고 있습니다.

그레이샤노 가련한 데스데모나, 네 아버님이 돌아가셨으니 그나마 다행한 일이다. 네 결혼 때문에 너무 큰 타격을 받으셨어. 지나친 슬픔이 노인의 목숨을 앗아간 거지. 살아서 지금 이 광경을 보셨다면,

그분 곁에 있는 천사마저 저주하며 지옥으로 떨어졌을 것이다.

오셀로 마음 아픈 일이군요. 그러나 이아고도 알고 있다시피 데스데모나는 캐시오와 추잡한 행위를 수없이 해왔습니다. 여기에 대해선 캐시오도 자백했습니다. 그리고 이 여인은 내가 사랑한 정표로 주었던 첫 선물을 남자의 음탕한 행위에 대한 사례로 그 남자에게 주었습니다. 그 물건이 캐시오 손에 쥐여져 있는 것을 제가 보았습니다. 손수건이었죠. 아버님이 어머니에게 주었던 유품이었습니다.

에밀리아 아, 하느님, 이 일을 어쩌면 좋습니까?

이아고 입 닥쳐!

에밀리아 말하고야 말 테다, 말하고야 말겠어. 잠자코 있으라고? 천만에! 북녘바람처럼 모질게 쏘아붙일 테다. 하느님이건 사람들이건 악마건 누구든지 와서 나보고 입을 다물라고 하더라도, 나는 말하고야 말 테다.

이아고 어리석게 굴지 말고 집으로 가!

에밀리아 안 가겠어. (이아고, 칼을 빼어 에밀리아를 찌르려 든다)

그레이샤노 이봐, 여자에게 칼을 쓰려는가!

에밀리아 바보 같은 무어 녀석! 네가 말하는 그 손수건은 내가 주워서 우리 남편에게 주었어. 하도 남편이 그 보잘것없는 손수건을 구해 달라고 간곡히 부탁했기 때문이야. 이상하다는 생각은 들었지.

이아고 저 악랄한 갈보 년!

에밀리아 부인이 그 손수건을 캐시오에게 줬다구요? 어림도 없는 소리 마세요! 제가 주워서 남편에게 준 겁니다.

이아고   더러운 년, 거짓말 마라!

에밀리아   난 절대로 거짓말하지 않습니다. 여러분, 거짓말이 아닙니다. 어리석은 살인자! 이 바보가 그토록 훌륭하신 부인을 어떻게 했다구요?

오셀로   벼락이라도 맞고 죽어라, 이 악랄한 놈! (이아고에게 달려든다. 몬타노, 그의 칼을 빼앗는다. 이아고, 뒤에서 에밀리아를 찌른다)

그레이샤노   여자가 쓰러졌다. 그놈이 제 아내를 찔렀어!

에밀리아   아아, 저를 부인 곁에 뉘여주세요. (이아고, 도망친다)

그레이샤노   그놈은 아내를 살해하고 도망쳤어.

몬타노   흉측한 악당이다. 자, 이 칼을 받으시오. 방금 무어 장군으로부터 빼앗은 거요. 밖에서 문을 지키시오, 무어 장군이 문밖으로 빠져나가지 못하게 하시오. 덤벼들면 차라리 죽여버려요. 난 천하에 고약한 저놈의 뒤를 쫓겠소. (몬타노와 그레이샤노 퇴장)

오셀로   나는 용기마저 잃었구나. 저 풋내기 녀석들까지 내 손에서 칼을 빼앗아갈 정도니. 명예를 잃은 지금 무용을 자랑한들 무슨 소용이 있겠느냐? 이젠 아무런 미련도 없다.

에밀리아   부인, 그 노래는 예언의 노래였군요. 들리십니까? 제 목소리가 들리십니까? 저도 백조처럼 노래하며 죽겠어요. (노래한다) 버들, 버들, 버들아 — 무어 장군, 부인은 정숙하셨어요. 잔인한 무어 장군, 부인은 당신을 사랑하셨어요. 정직하게 모든 것을 털어놨으니 내 영혼은 천당으로 갑니다. 생각한 대로 말하면서 죽어갈 테다, 죽어갈 테다. (죽는다)

오셀로   이 방 안에 칼이 또 한 자루 있었지? 스페인 칼이었는데, 얼음같이 차가운 물로 단련시킨 칼이었어. 아, 여기 있구나. 숙부님, 전 밖으로 나가야겠습니다.

그레이샤노 (밖에서) 괜한 짓 하지 말고 가만히 있어라. 무기도 없이 그러다가는 봉변당할 줄 알아.

오셀로 이리 들어오셔서 제 얘기를 좀 들어주십시오. 그렇잖으면 맨손으로라도 숙부님께 덤벼들겠어요.

그레이샤노 등장.

그레이샤노 대체 어떻게 되었나?

오셀로 보십시오. 여기 칼이 있습니다. 여태껏 어떤 군인도 허리춤에 차본 적이 없는 칼이지요. 저도 한때는 이 팔뚝과 칼로써 당신 같은 분 이삼십 명이 한 무리가 되어 쳐들어 와도 쉽게 무찌를 수가 있었습니다. 이젠 아무 소용없는 호언장담이 되었지만! 운명의 힘을 거역할 순 없지. 이젠 틀렸어. 두려워하지 마십시오, 제가 칼을 들고는 있지만 한평생 여로가 끝나고 있으니까요. 이젠 끝장이죠. 제 항로의 마지막 부두에 닿은 겁니다. 뒷걸음질하며 두려워하실 필요 없습니다. 오셀로의 가슴팍으로 한 발만 밀고 들어와도 전 이젠 후퇴할 수밖에 없습니다. 오셀로는 이제 어디로 가야 한단 말입니까? (데스데모나가 누워 있는 침실로 간다) 자, 당신의 얼굴을 다시 한번 봅시다. 아, 불행한 여인! 속옷처럼 창백한 얼굴! 최후의 심판 날 우리가 다시 만날 때, 당신의 이 얼굴은 내 영혼을 하늘에서 내동댕이쳐 지옥의 악마들에게 뜯게 할 것입니다. 싸늘하고 싸늘한 당신! 당신의 정조도 이러하거늘, 아, 저주받은 노예 놈! 악마여, 나를 채찍질해서 천사 같은 이 모습을 볼 수 없는 곳으로 쫓아라! 열풍 속으로 내 몸을 날려버려라! 유황불로 지글지글 태워버려라! 불바다 속으로 나를 처넣어라! 아, 데스데모나! 죽었네, 데스데모나! 죽어버렸네! 아! 아!

　　로도비코, 의자에 앉은 캐시오, 몬타노, 이아고와 이아고를 끌고 온 장교들 등장.

로도비코　경솔한 행위로 불행해진 그자는 어디에 있는가?

오셀로　그 오셀로, 바로 여기 있습니다.

로도비코　그 독사 같은 놈은 어디 있느냐? 그 악한을 이리 끌어내라.

오셀로　그놈의 발을 보아하니, 악마의 발은 발굽이 두 쪽으로 갈라져 있다는 얘기도 꾸며낸 소린가 보군. 네놈이 정말 악마라면 이 칼로써도 너를 죽일 수 없겠지. (이아고를 찌른다)

로도비코　그 칼을 빼앗아라.

이아고　피만 날 뿐 죽지는 않았소.

오셀로　유감스럽지 않다. 난 네놈을 오히려 살려두고 싶다. 지금 내 생각으로는 죽는 것이 오히려 행복한 일로 여겨지니.

로도비코　한때 그토록 고매했던 오셀로 장군이여, 이 저주받을 놈의 흉계에 빠져 신세를 망친 당신에게 뭐라 할 말이 없구려.

오셀로　뭐라 말해도 좋소. 명예로운 살인이라고나 불러주시오. 이 일은 원한을 풀고자 한 것이 아니라 명예를 지키기 위한 것이었으니까.

로도비코　이놈은 이미 자신의 범행을 자백했소. 당신은 이놈과 공모해서 캐시오를 죽이려 했다면서요?

오셀로 그렇소이다.

캐시오 장군님, 전 죽어야 할 이유가 전혀 없었습니다.

오셀로 나도 그렇게 생각하고 있네. 용서를 빌겠네. 저 악마 같은 놈이 어째서 나의 영혼과 육체를 함정에 빠뜨렸는지 물어봐 주시오.

이아고 아무것도 묻지 마시오. 내가 알 만한 것은 당신도 다 알고 있을 테니. 이 순간부터 나는 절대로 입을 열지 않겠소.

로도비코 뭐라고! 기도조차 하지 않겠단 말이냐?

그레이샤노 네놈을 고문하여 아가리를 벌리고 말 테다.

오셀로 입을 열지 않는 게 상책이지.

로도비코 당신은 모르고 있겠지만, 이런 일이 있었습니다. 여기 한 통의 편지가 있는데, 살해당한 로더리고의 주머니에서 발견된 것이오. 그리고 여기 또 한 통의 편지가 있고. 그 한 통의 편지에는 로더리고가 캐시오를 암살해야 한다는 내용이 적혀 있소.

오셀로 아, 고약한 놈!

캐시오 천하에 악독한 놈!

로도비코 그런데 여기 또 한 통의 편지가 있소. 온갖 불평이 잔뜩 적혀 있는 편지로, 역시 로더리고의 주머니에 감춰져 있었소. 이 편지를 로더리고가 이 악당에게 전하려고 했던 모양인데 보내기 직전에 이놈이 와서 감언이설로 그를 녹인 것 같소.

오셀로 아, 이 비겁한 놈! 캐시오, 내 아내의 손수건은 어떻게 자네 수중에 들어갔느냐?

캐시오 제 방에 떨어져 있었습니다. 이놈이 방금 자백한 바에 의하면,

손수건을 일부러 떨어뜨려놨다는 것입니다. 그랬더니 뜻한 대로 일이 척척 되어가더랍니다.

오셀로 아, 난 바보였어, 바보, 바보였어!

캐시오 그리고 또 로더리고의 편지에 이아고를 맹렬히 비난하는 대목이 있는데, 야경 보던 날 밤에도 이놈이 충동질해서 싸움을 했고, 그 때문에 저는 파면되었던 것입니다. 조금 전에 죽은 줄로만 알았던 로더리고가, 자기를 해친 자도 선동한 자도 이아고였노라고 말했습니다.

로도비코 이 방에서 나가 우리와 함께 갑시다, 오셀로. 당신은 관직을 박탈당했소. 캐시오가 키프로스를 통치하게 되었습니다. 이 악당 놈에게는 고문의 방법을 연구하여 오랫동안 고통을 주겠소. 당신은 감금되어, 베니스 정부에 범죄 사실이 보고될 때까지 엄중한 감시를 받게 될 것이오. 그를 데리고 나가라.

오셀로 잠깐만 기다리시오. 떠나기 전에 한두 말씀 드리고 싶소. 국가를 위해 세운 내 공적만은 누구나 인정해주리라 믿소. 그 일에 대해서는 더 이상 말하지 않겠소. 다만 부탁하고 싶은 말은, 이 불행한 사건을 보고하는 데 있어 사실 그대로의 숨김 없는 나를 전해 달라는 것이오. 나를 감싸주지도 악의로 짓누르지도 마시오. 아내를 깊이 사랑했지만 현명한 사랑은 아니었다고 전하시오. 쉽사리 질투심에 사로잡히는 인간은 아니었지만, 일단 속임수에 걸려들더니 앞뒤를 가리지 못하더라고 전하시오. 그의 종족 전체보다도 더 귀한 보물을 어리석은 인도인처럼 스스로 내던진 사나이였노라고 전하시오. 생전 눈물이라고는 모르던 사람이 이번만은 슬픔에 잠겨, 아라비아의 고무나무가 수액을 흘리듯 눈물을 펑펑 쏟더라고 전하시오. 그리고 또 한 가지만 더 전해주시오. 언젠가 알레포에서 터번을 두른 악독한 터키인이 베니스인을 때리면서 이 나라를 비방하는 것을 보고, 나는 그 이교도 놈의 목덜미를 움켜잡고 이렇게 목을 찔렀노라고. (칼로 자기를 찌른다)

로도비코   아, 처참한 최후로다!

그레이샤노   지금까지의 모든 일이 허사가 되고 말았구나!

오셀로   당신을 죽이기 전에 나는 당신에게 입을 맞추었소. 지금 내게 남은 길은, 내 스스로 목숨을 끊고 당신에게 입을 맞추며 죽는 것밖에는 없소. (데스데모나 위에 쓰러져 죽는다)

캐시오   이렇게 될까 봐 걱정은 했습니다만, 전 장군께서 무기를 갖고 있지 않은 줄만 알았습니다. 마음씨가 고결한 분이셨죠.

로도비코   (이아고에게) 이 스파르타의 개새끼 같은 놈! 고통보다 굶주림보다 성난 바다보다 더 잔인한 놈! 침대 위의 이 처절한 광경을 보라. 모두 네놈의 짓이다. 눈이 멀어버릴 광경이다. 그 광경이 보이지 않게 가려두자. (커튼을 닫는다) 그레이샤노, 이 집을 관리하십시오. 무어 장군의 재산을 압류하십시오. 당신이 상속한 재산입니다. 그리고 캐시오 총독은 이 흉악범을 재판하시오. 시간, 장소 그리고 고문 방법을 정하시오. 인정사정 없이 해치우시오! 나는 곧 배를 타고 본국으로 떠나겠소. 가서 이 엄청난 사건을 괴로운 마음으로 보고해야겠소. (퇴장)

불멸의 영광 영원한 동시대인
— 셰익스피어의 시대와 작품세계

1. 시대와 생애

스트랫퍼다네이번(Stratford-on-Avon)은 셰익스피어가 태어날 무렵 인구 2천 명이었다. 이 도시의 역사와 전통은 아득히 선사시대로까지 거슬러 올라간다. 로마의 군사도로(Strata via, 고대영어로는 Straet)가 에이번 강(웨일스어로 Afon River)을 지나 성채(Fard) 옆을 통과했으니, 라틴어와 고대영어, 그리고 웨일스어의 합성어가 이 도시의 이름이 되었다.

색슨(Saxon) 시대에는 이 지역이 우스터(the Bishop of Worcester)의 통치 아래 있었고, 노르만 정복 시기에는 주민의 대부분이 농사에 종사하고 있었다. 리처드 1세 시대에 농산물 집산지로 변하면서 길이 열리고 건물이 서기 시작했으며, 매주 시장이 개설되는 등 발전을 이룩했다.

도시 한복판에 홀리 트리니티(The Holy Trinity) 교회가 아름답고 장엄한 모습을 드러내고 있었다. 셰익스피어는 이곳에서 세례를 받고 죽어서 이곳에 묻혔다. 스트랫퍼드는 셰익스피어가 생존했던 시절에는 흥청거리는 상업도시요 풍요로운 농업지대였으며, 런던으로 가는 교통의 요지였다. 아든 숲(The Forest of Arden)은 바로 셰익스피어의 생가 근처에 있었다. 그 숲 속에는 사슴들이 뛰놀고 있었다. 스트랫퍼드의 아름다운 자연은 셰익스피어를 자연의 시인으로 만들기에 충분했다.

스트랫퍼드는 또한 역사의 도시로서 장미전쟁의 유적이 남아 있다. 스트랫퍼드 근거리에 요크 가의 워릭(Warwick) 성(城)이 자리 잡고 있으며, 그곳으로부터 좀 더 떨어진 곳에는 랑카스터가의 교두보였던 성곽을 볼 수 있다. 셰익스피어의 사극들이 영국사의 이 시기를 즐겨 다루고 있는 것을 보면 스트랫퍼드의 역사적 환경이 그의 작품에 미친 영향을 결코 과소평가할 수 없을 것이다.

1555년, 스트랫퍼드에 부친 존 셰익스피어(John Shakespeare)가 이주해 왔다. 존은 스트랫퍼드에서 농산물 매매사업을 하면서 성공해 스트랫퍼드의 저명인사가 되었다. 1557년 유복한 집안의 딸 메리 아든(Mary Arden)과의 결혼은 그의 사회적 지위를 더욱 확고하게 만들었다. 왜냐하면 존은 1568년 스트랫퍼드시(市)의 행정에 관여하게 되어 극단의 공연허가증을 발부하는 책임을 맡게 되었기 때문이다. 1568년은 스트랫퍼드에 직업극단이 내방한 첫 번째 기록이 남아 있는 해가 되며, 윌리엄 셰익스피어는 이때 4세였으니 아버지 존 옆에서 처음으로 연극 공연을 구경할 수 있었다. 그러나 이때 이후 10년간 존은 사업에 실패해서 사회적 지위를 잃고, 파산의 위기를 겪게 되었다. 1578년의 기록에 의하면 주당 4펜스의 돈도 지불할 수 없었다는 기록이 남아 있다. 1586년 그는 시행정직에서 물러나게 되고, 1592년에는 교회에서 그의 모습을 찾아볼 수 없게 되었다.

윌리엄 셰익스피어는 그의 부친 존으로부터 이재(理財)에 밝은 상인의 생활력을 이어받았을 것이라고 추측된다. 모친 메리가 속했던 아든 가문은 워릭셔의 명문 집안이었다. 셰익스피어는 모친 메리로부터 고결한 심성과 올바른 생활태도, 역사와 자연에 대한 사랑과 종교적 신앙심을 이어받았을 것이다.

윌리엄 셰익스피어의 어린 시절에 대해서 남아 있는 기록은 얼마되지 않는다. 세례 기록과 결혼 서약에 관한 기록이 남아 있다. 교구기록부에 의하면 그는 1564년 4월 26일 수요일에 세례를 받은 것으로 되어 있다. 그러나 정확한 생일은 알려져 있지 않다. 윌리엄은 이 집안의 자녀들 중 살아남은 아들 가운데 장남이었다. 위로 누나가 둘 있었지만 유년 시절에 모두 사망했다. 세 형제 — 길버트(Gilvert), 리처드(Richard), 에드먼드(Edmund) — 가 그의 뒤를 이었으며, 두 여동생들 — 조앤(Joan)과 앤(Ann) — 또한 그의 뒤를 이었다.

윌리엄 셰익스피어는 그래머 스쿨이라는 당시의 초중등학교에 입학했다. 그 당시 이 학교의 교육은 라틴어 교습에 집중되어 있었다. 영어에 대한 교육도 이곳에서 받았을 것이라고 추측된다. 셰익스피어 생존 당시 스트랫퍼드의 그래머 스쿨 선생들은 대부분 옥스퍼드 출신들이었기 때문에 셰익스피어의 어문교육에 이들이 지대한 영향을 끼쳤을 것이라고 생각된다. 그리스와 라틴 고전문학에 관한 광범위한 독서 외에도 셰익스피어는 제네바판 성서를 탐독했을 것이다. 왜냐하면 셰익스피어의 희곡작품 속에는 이 성서를 읽은 흔적이 뚜렷하게 나타나 있기 때문이다. 그라머 스쿨의 수학 기간은 7년이었으니, 셰익스피어가 7세 때 입학했다면 1578년에 학교를 졸업한 셈이 된다.

학교를 졸업한 후, 1578년경 셰익스피어는 부친의 가업을 돕고 있었다. 이 시기에 셰익스피어를 열광시킨 것은 연극 공연이었을 것이다. 그 당시 스트랫퍼드에서 1584년까지 매년 계속해서 기적극(miracle plays)이 공연되었다. 또한 그는 때때로 아버지와 함께 야외 이동극(pageants)을 보았을 것이고, 1575년 스트랫퍼드에서 15마일 떨어진 케닐워스에서 레스터 경이 엘리자베스 여왕을 위해 공연했던 가면극을 관람했을 것이다. 존 셰익스피어가 촌장으로서 시정 일에 관여하고 있던 1568년에는 스트랫퍼드에서 흔하게 이동극단의 연극이 공연되고 있었다.

1582년 11월 27일 셰익스피어가 18세 때 그는 근처 마을 쇼터리(Shottery)의 유복한 농가의 딸인 8세 연상의 앤 해서웨이와 결혼했다. 1583년 5월 26일 딸 수재나가 태어나 트리니티 교회에서 세례를 받게 되었다. 수재나 출생 후 햄닛과 주디스 쌍둥이가 태어나서 1585년 2월 2일, 트리니티 교회에서 세례를 받았다.

이후 몇 년 동안 셰익스피어가 스트랫퍼드에 있었다는 기록은 없다. 아마도 셰익스피어는 쌍둥이 자녀 출생 이후 스트랫퍼드의 집을 떠나 청운의 꿈을 품고 더 넓은 세계로 향해 어디론가 출발했음이 분명하다. 셰익스피어는 아내를 스트랫퍼드에 남기고 떠났는데, 아들 햄닛은 1596년에 사망해서 매장되었고 아내와는 런던에서 상면할 기회가 없었다. 1585년 이후 이들 사이에는 후손이 생기지 않았다. 1597년경 셰익스피어는 스트랫퍼드의 호화주택 뉴플레이스(New Place)를 구입했는데, 만년에는 아내와 딸들을 그곳으로 이사시킨 뒤 런던 생활을 청산하고 스트랫퍼드로 돌아와서 가족들과 지내다 1616년에 세상을 떠났다.

그가 스트랫퍼드에서 종적을 감춘 뒤 다시 런던에 나타났을 때까지 7년

동안 무엇을 하고 지냈는지는 분명치 않다. 글로스터 지방에서 학교 선생을 했으리라는 추측이 믿음직하게 제기되고 있다. 왜냐하면 이 지방의 기록문서에 셰익스피어와 해서웨이의 이름이 되풀이되어 나타나고 있기 때문이다. 그는 코츠월드 지방에서 친지들과 사귀면서 학교 선생의 평온한 생활을 누리며 독서에 정진하고, 런던 생활의 대전환을 꿈꾸고 있었을는지도 모른다. 이 시기에 그는 아마도 런던에 극장이 서고, 새로운 극단들이 설립되고, 키드(Kyd)의 〈스페인의 비극〉이 공연에 성공을 거두고 있다는 소식을 접하고 있었을 것이다. 셰익스피어는 그 당시의 여러 가지 정황으로 보아, 1587년 혹은 1588년에 학교 선생을 그만두고 런던을 향해 출발했음이 분명하다.

그 후 25년간의 셰익스피어의 런던 생활이 시작된다. 즉 오늘날 우리가 알고 있는 극작가 셰익스피어의 생애가 바로 이 시기에 시작되고 완성된 것이다. 셰익스피어가 살아서 활동하던 당시의 런던은 중세도시의 모습 그대로였다. 120개의 뾰족탑이 서 있는 런던시는, 겉으로는 종교도시의 모습을 하고 있었지만 안으로는 르네상스의 물결이 거세게 휘몰아치고 있었다. 런던은 왕국의 수도였다. 정치·사회·경제 그리고 학문과 예술의 중심지였다. 중세시대의 규제와 억압에서 벗어난 런던 시민들은, 한결같이 새 시대의 자유와 열정 속에서 생의 무한한 가능성을 추구하고 있었다. 나그네들이 쉬고 가는 여관이나 술집은 먹고 자는 숙박업소일 뿐만 아니라 대중문화의 중심지가 되었다. 셰익스피어를 위시해서 존슨(Jonson), 보먼트(Beaumont), 플레처(Fletcher) 등 당대 저명한 극작가들과 시인·학자·예술가 등이 즐겨 만나던 술집은 머메이드 주막(The Mermaid Tavern)이었다. 때로는 데블 주막(The Devil Tavern)으로 자리를 옮겨 술을 마시며 문학과 예술의

담론을 나누기도 했다. 엘리자베스 시대의 연극 — 셰익스피어만이 아니라 존슨, 데커 그리고 미들턴 등 — 에는 런던 주막집의 술기운이 짙게 감돌고 있다. 그만큼 이들 주막집과 당대의 신연극은 깊은 관계를 맺고 있다. 여관집 앞마당은 연극 공연장이었다. 그곳은 런던에 새로운 극장이 건립되기 이전까지만 해도 신연극의 요람지였다. 셰익스피어 자신이 연기를 했다고 전해지는 크로스키즈 주막(The Crosskeys Tavern), 레드 불 주막(The Red Bull Tavern), 보아즈 헤드(The Boar's Head) 등에서는 끊임없이 공연이 진행되었다.

셰익스피어 시대에 신연극 형성을 위해 크게 공헌한 교육기관은 런던의 법학원이던 '인즈 오브 코트(The Inns of Court)'였다. 13세기 또는 14세기까지 거슬러 올라가는 4대 명문 법학원은 이너템플(The Inner Temple), 미들템플(The Middle Temple), 링컨스 인(Lincoln's Inn) 그리고 그레이즈 인(Gray's Inn) 등이었다. 이들 법학원은 옥스퍼드나 케임브리지 대학과 흡사한 고등교육기관이었다. 엘리자베스 시대의 수많은 고관대작과 저명인사들은 이들 학교 출신이었다. 시드니와 베이컨은 그레이즈 인 출신이었고 세크빌과 보먼트는 이너템플 출신이었으며, 존 던은 링컨스 인 출신이었다. 이들 학교들이 국왕을 위해 주연과 가면극과 연극 공연을 펼치는 일은 그 당시 중요한 문화행사가 되었다. 이들 법학원들은 한결같이 연극 공연에 지대한 관심을 기울였다. 토머스 세크빌과 토머스 노턴이 쓴 영국 최초의 비극작품 〈고보덕(Gorboduc)〉이 1561년 엘리자베스 여왕 앞에서 공연된 것을 보면 이들 학교가 신연극의 정착을 위해 기울인 열정과 관심을 짐작할 수 있다. 셰익스피어의 〈실수 연발(The Comedy of Errors)〉은 1594년 그레이즈 인에서 공연되었으며, 〈십이야(Twelfth Night)〉는 1602년 미들템플에서 공연되었다.

로마시대 세네카의 비극작품을 영국에 소개해서 국내 연극을 활성화시킨 공로도 이들에게 있었으니, 신연극에 대한 인즈 오브 코트의 영향은 심원하고도 항구적인 것이었다.

신연극에 대한 또다른 영향력의 원천은 엘리자베스 여왕의 왕궁이었다. 왕궁에서는 끊임없이 공연행사가 개최되었다. 여왕 자신이 르네상스 시대의 군주답게 열광적으로 극단을 후원하고 공연행사를 장려했다. 여왕은 이 행사를 위해 연예 담당 시종장을 임명했다. 1594년 이후, 셰익스피어의 극단은 여왕의 후원에 힘입어 매년 어전공연을 계속했다. 이 정기공연은 1603년 여왕이 서거할 때까지 계속되었다. 셰익스피어의 작품 〈사랑의 헛수고(Love's Labour's Lost)〉〈실수 연발〉〈베니스의 상인(The Merchant of Venice)〉〈헨리 4세(King Henry Ⅳ)〉〈헨리 5세(King Henry Ⅴ)〉〈헛소동(Much Ado about Nothing)〉 등이 어전공연되었으며 〈윈저의 명랑한 아낙네들(The Merry Wives of Windsor)〉은 여왕 자신이 셰익스피어에게 요청해서 완성되었다고 전해진다. 엘리자베스 여왕이 보인 연극에 대한 애정은 제임스 왕에 의해 계승되어, 그는 셰익스피어 극단을 왕실 전속극단으로 만들어 이들을 후원하였다. 왕실과 셰익스피어와의 밀접한 관계 때문에 셰익스피어는 영국의 귀족들과도 두터운 교분을 맺게 되었다. 당대의 기라성 같은 귀족들 — 스탠리, 에식스, 사우샘턴, 펨브로크 형제들인 윌리엄과 필립 등 — 은 그의 패트론이요 친구들이었다. 왕궁에서 만난 지성적이고 아름다운 숱한 여인들은 그의 작품 속에서 여주인공으로 재현되고 있다.

풍요롭고, 바삐 돌아가는 가운데 흥청대는 런던 시의 활기, '인즈 오브 코트'와 대학 출신의 지적이며 감성적인 신사들의 매력, 귀족들과 아름다운 귀부인들의 사교를 즐기는 왕실의 황홀한 문화예술 환경과 분위기는 셰익스피어가 스트랫퍼드에서는 몽상조차 할 수 없는 일들이었다. 셰익스피어는 햄릿 왕자처럼 르네상스가 잉태한 사람이었다. 런던에서 그를 휩싸고 있던 르네상스의 분위기는 그의 천재적 재능을 활짝 꽃피울 수 있도록 적절한 환경을 제공해주었다.

1585년 2월부터 1592년까지 셰익스피어가 어떻게 살았고 어떤 활동을 했는지에 관해서는 확실한 기록이 남아 있지 않다. 그래서 이 시기를 셰익스피어의 '잃어버린 연대(the lost years)'라고 부른다. 셰익스피어와 동시대 극작가로서 불운한 생애를 마친 로버트 그린(Robert Greene)이 1592년에 죽으면서 남긴 자서전(Greens Groatsworth of Wit bought with a Million of Repentance)에 의하면, 셰익스피어는 배우로서 그리고 신진 극작가로서 런던 무대에서 두각을 나타내고 있었던 것으로 추측된다. 1593년과 94년에 셰익스피어는 「소네트(Sonnets)」를 썼다. 런던에 전염병이 유행해서 한때 문을 닫았던 극장이 1594년 여름에 다시 문을 열었다. 셰익스피어는 런던에서 이 당시 창설된 두 극단 중 한 극단인 로드 체임벌린 극단에 소속되어 배우로서 그리고 극작가로서 본격적인 활동을 시작했다. 셰익스피어의 선배 극작가들인 릴리(Lyly), 그린, 말로(Marlowe), 필(Peele), 그리고 키드 등은 1594년에 이르러 한결같이 작가 활동을 끝마치면서 런던 무대는 극작가의 공백 시기를 맞게 되었다. 새로운 극작가의 출현을 갈망하던 이 시기에 셰익스피어는 눈부시게 극계에 데뷔하였다. 1594년부터 1600년의 시기는 셰익스피어의 생애에 있어서 가장 바쁘고 행복했던 시기다. 〈리처드 3세〉(1592), 〈말괄량이 길들이기〉(1593), 〈로미오와 줄리엣〉(1594), 〈한여름 밤의 꿈〉(1595), 〈리처드 2세〉(1595), 〈베니스의 상인〉(1596), 〈존 왕〉(1596), 〈헨리 4세〉(1597), 〈헛소동〉(1598), 〈헨리 5세〉(1598), 〈줄리어스 시저〉(1599), 〈당신이 좋으실 대로〉(1599), 〈십이야〉(1599), 〈윈저의 명랑한 아낙네들〉(1600), 〈햄릿〉(1600) 등의 작품 발표를 보면 쉽게 이 사실을 알 수 있을 것이다.

셰익스피어가 극작가로서 성공한 것은 그가 스트랫퍼드 최고의 저택인 뉴플레이스를 1597년에 매입한 사실로도 알 수 있다. 이곳은 만년에 그가 런던 생활에서 은퇴한 후 여생을 보낸 곳이기도 하다. 뿐만 아니라 당대의 출판업자들은 그의 작품을 출판하려고 혈안이 되어 있었다. 흥행의 성공과 작품집 출판에서 거둔 막대한 수입은 그를 부유하게 만들어주었다. 그래서 그는 극단의 운영에도 참여하게 되었다.

1599년 봄, 에식스(Essex) 경은 아일랜드에서 발생한 타이론 반란을 진압하기 위해 원정의 길을 떠났다. 이 원정에는 셰익스피어의 절친한 친구이며 패트론이었던 사우샘프턴 경도 수행하였다. 그러나 이 원정은 완전 실패로 돌아갔다. 타이론을 진압하라는 엘리자베스 여왕의 지시가 있었지만 그는 타이론을 굴복시키지 못하고 굴욕적인 휴전을 체결했던 것이다. 에식스 경은 왕실의 분노를 사 관직을 박탈당하게 되었다. 1601년 2월 에식스와 사우샘프턴은 그에 동조하는 군사들을 이끌고 런던으로 향해 진군했다. 왕실에 대한 이들의 반란은 런던 시민들의 반감을 불러일으켰다. 런던 시민들은 국민적 영웅이었던 에식스 편에 가담하지 않고 여왕 편으로 기울었다. 이들의 반란은 순식간에 실패로 돌아가 에식스는 체포되었다. 재판에 회부된 그는 반역죄로 몰려 런던탑에서 참수형으로 처단되었다. 사우샘프턴도 종신형을 언도받고 런던탑에 유폐되었다.

에식스의 처형은 엘리자베스 여왕의 영광스러운 통치의 종말이었다. 충신을 죽인 엘리자베스 여왕은 이후 침울한 세월을 보내다가 1603년 3월,

세상을 떠난다. 이 사건은 극작가 셰익스피어에게 큰 충격을 안겨주었다. 그래서 1600년 이후 그의 작품세계는 일대 전환을 맞게 된다. 이른바 그의 비극 시대가 시작된 것이다.

엘리자베스 여왕의 서거와 제임스 왕의 즉위는 셰익스피어의 생애에 있어서 새로운 시대를 열었다. 스튜어트 가문의 군주답게 제임스 왕은 예술을 사랑했고, 연극을 육성했다. 1603년 5월 제임스 왕이 런던에 도착하자마자 행한 중요한 일 가운데 하나는, 궁내대신극단(the Chamberlain' s Men)을 국왕극단(the King' s Men)으로 개편해서 왕 스스로가 극단의 패트론이 된 일이었다. 극단 단원들에게는 연봉이 지급되었고, 왕실 전속 극단답게 왕실 가문의 표시가 수놓아진 보랏빛 의상과 모자를 착용토록 했다. 뿐만 아니라 제임스 왕은 셰익스피어와 그 일행들에게 '그룸즈 오브 더 체임버(Grooms of the Chambers)' 라는 명예로운 계급을 수여하기도 했다. 또한 제임스 왕의 치세가 시작되자 그의 패트론이었던 사우샘프턴은 감옥에서 풀려났다.

그렇지만 셰익스피어의 마음은 어둡고 침울했다. 그의 변화는 〈오셀로〉(1604), 〈리어 왕〉(1605), 〈맥베스〉(1606)에서 분명해졌다. 심지어 이 시기에 쓴 희극작품 〈트로일로스와 크레시다〉(1601), 〈끝이 좋으면 다 좋다〉(1602), 〈자[尺]에는 자로〉(1604)에조차 음산한 절망감이 감돌고 있다. 그의 작품에서 엿볼 수 있는 이 같은 변화의 원인을 여러 가지로 규명해볼 수 있으나, 가장 확실한 것은 첫째로 당대의 연극적 유행의 변화를 들 수 있다. 관객들은 낭만적 희극과 역사극에 식상한 나머지, 사실적이며 풍자적인 희극작품과 인간존재의 궁극적 가치의 문제를 다루는 비극작품을 선호하게 되었다. 둘째로 지적될 수 있는 것은 셰익스피어 자신의 예술적 각성이다. 주제의 변화는 그로 하여금 새로운 연극 형식을 갈망케 했을 것이다. 그는 나이가 들어감에 따라 르네상스 문화 저변에 깔린 비극적 실상을 깊이 인식하게 되었다. 그는 비극의 원천이, 악(惡)이 저지르는 폭력에 있음을 알게 되었다. 악의 막대한 위력 앞에 선(善)이 참패하는 절망적 상황을 그는 체험하게 되었다. 악과 선의 관계를 파헤치고 해명하는 것이 인간 존재의 의미와 목적을 정립하는 일이라고 그는 단정하였을 것이다. 그는 이런 엄숙하고 장엄한 주제를 다루는 데 있어서 비극의 형식이 가장 효과적인 극 형식이 된다고 생각했던 것이다.

1608년 셰익스피어의 건강이 갑자기 악화된다. 비극작품의 창작에서 엿볼 수 있는 결렬한 고뇌의 폭풍우를 겪고 난 뒤, 그는 그의 은퇴를 예고하는 듯한 〈겨울 이야기〉(1610), 〈템페스트〉(1611) 등을 발표한다. 1613년, 〈헨리 8세〉의 발표를 끝으로 그의 창작 생활은 종결된다. 1613년은 괴로운 해였다. 그의 주된 활동무대였던 글로브극장(Globe Theatre)이 불에 타 잿더미가 된 해이기도 하기 때문이다. 1616년 3월 25일, 그는 그의 변호사 프랜시스 콜린스(Francis Collins)를 시켜 유언장의 내용을 확정시켰다. 셰익스피어의 말년은 그 동안의 맹렬한 작품활동과 역사적 사건이 안겨다 준 중압감과, 가정생활의 고뇌로 피로에 지쳐 기진맥진한 상태에 놓여 있었을 것이라는 설이 지배적이다. 셰익스피어가 언제 런던을 떠나 스트랫퍼드로 갔는지 확실한 연대는 밝혀져 있지 않지만, 1605년부터 1609년까지 계속된 런던의 전염병을 피해 스트랫퍼드의 전원생활로 돌아갔을 것으로 짐작된다. 1610년에는 고향에 있었던 것이 분명한데, 그것은 1610년에서 1614년 사이에 상당한 액수의 부동산을 스트랫퍼드에서 사들인 사실로 알 수 있다. 물론 고향 땅에 머무르면서도 런던 나들이는 자주 했을 것이라고 짐작된다. 그는 유언장을 통해 딸 수재나, 주디스, 손녀 엘리자베스, 그리고 사랑하는 아내에게 재산을 분배한 뒤 1616년 4월 23일에 별세하였다. 그의 묘지는 지금도 스트랫퍼드의 홀리 트리니티 교회 안에 안치되어 있다. 수재나의 유일한 소생이었던 엘리자베스는, 1670년에 후손을 남기지 못한 채 사망했다. 주디스가 낳은 세 손자들도 어려서 모두 죽었다. 이 때문에 셰익스피어 가문은 손녀 엘리자베스에 이르러 대가 끊겼다.

셰익스피어의 초기 시절에 대해서 우리는 아는 것보다 모르고 있는 사실이 더 많다. 그의 만년은 더욱 깊은 신비에 싸여 있다. 그는 이 세상에 그자신의 뚜렷한 모습을 나타내진 않았지만, 그의 작품 속에 영원히 지워지지 않을 이름을 남겼다. 그의 작품은 '불멸의 영광'을 누리게 될 것이다. 셰익스피어는 '우리들의 영원한 동시대인'인 것이다.

2. 셰익스피어의 비극 세계

영국에서 최초로 희극작품이 나온 것은 1550년이며, 최초의 비극작품이 햇빛을 본 것은 1560년이었다. 셰익스피어가 1601년까지 이미 〈헛소동〉 〈십이야〉 〈햄릿〉 등을 썼다고 볼 때, 16세기 후반 영국 희곡의 급격한 발전상을 알 수 있다. 결론적으로 말해서, 셰익스피어가 영국 극계에 데뷔하는 시기에 영국 희곡의 근대사가 시작되었다고 볼 수 있다. 1590년대에 셰익스피어가 극작가로서 활약을 하게 되는데 다행스럽게도 이 시기에 나라의 보호를 받고 있던 극단들(The Admiral's and The Stage-Chamberlain Company)이 마련되었고, 또한 여러 극장들이 개설되었다는 사실을 잊어서는 안 된다. 훌륭한 극작가의 탁월한 작품과 안정된 극단과 극장의 개관이 시기적으로 일치되어 영국 연극의 황금시대가 열린 것이다.

1590년대 초에 극계에 진출한 셰익스피어는 약 10년간 사극과 희극에 중점을 둔 창작생활을 해왔는데, 1600년(36세)을 경계로 셰익스피어의 희곡세계는 일대 전환점을 맞이하게 되어, 어두운 인생의 뒤안길과 인간의 고뇌·절망·죽음 등의 주제를 주로 다루는 비극시대로 돌입하게 된다. 사랑과 믿음에 근거한 인간의 행복, 기쁨, 사회적 유대감 등의 주제를 그는 희극작품에서 주로 다루었는데, 비극 세계에 이르면 햄릿의 대사처럼 "숭고한 이성, 능력, 모습, 거동의 무한한 가능성, 놀라운 행동력, 천사 같은 이해력, 신처럼 보였던" 인간이 "먼지덩어리로 보이는" 상황에 이르게 된다. 낙천적 인생관이 염세적 인생관으로, 희망적 세계관이 절망적 세계관으로 바뀐 것이다. 존경하는 아버지를 잃은 햄릿은 사랑하는 모친의 도덕적 타락과 인간적 배신, 그리고 숙부의 배신, 어지러워진 나라 사정, 오필리어의 죽음 등으로 깊은 절망감에 빠져 비통한 최후를 맞는다.

로미오와 줄리엣은 양가의 해묵은 불화 때문에 그들의 청순한 사랑이 죽음으로 끝난다. 이아고의 간계에 빠진 오셀로 장군은 질투심 때문에 선하고 착한 데스데모나를 살해한다. 딸들의 불효에 분노한 리어 왕은 광야를 헤매고, 효심이 지극한 코델리아는 그녀의 선량한 행동 때문에 처참한 죽음을 당한다. 멕베스 장군은 마녀들의 꾐에 현혹되어 끔찍한 살인 행위를 범함으로써 스스로 치욕적인 죽음을 택한다. 거대한 악의 힘에 의하여 선한 의지와 행위가 무참히 파괴당하는 비극을 체험하면서 우리는 어둡고 침울한 인생의 단면을 직면하게 된다.

엘리자베스조(朝) 비극의 한 가지 형태로 그 당시 관객에게 인기가 있었던 것으로는 복수극이 있었다. 토머스 키드의 〈스페인의 비극〉(1589년?)은 그 대표적 예가 된다.

1) 햄릿

작품 〈햄릿〉이 등록(The Stationers' Register)된 일자는 1602년 7월 26일이다. 창작 시기와 첫 공연은 아마도 1601년에서 1602년 사이로 추정된다. 〈햄릿〉은 셰익스피어가 처음으로 만들어낸 작품이 아니다. 똑같은 소재의 작품이 영국 무대에서 공연된 것은 1580년대였다. 셰익스피어가 소속되어 있던 극단에서도 1594년과 1596년에 셰익스피어의 작품이 아닌 〈원형 햄릿〉이 공연된 적이 있다. 세네카류의 복수극이 런던 무대에서 유행하자 셰익스피어는 〈원형 햄릿〉을 개작해서 새로운 작품을 쓰기 시작했다. 셰익스피어의 이름이 붙은 〈햄릿〉 공연의 최초의 기록은 1600년이다. 그러나 이 공연의 인쇄 대본은 남아 있지 않다.

1603년 〈햄릿〉의 인쇄 대본이 런던에서 판매되었다. 이것이 최초의 쿼토판(the first Quarto) 〈햄릿〉이다. 그러나 이 대본은 불량판이었다. 셰익스피어는 이 불량판을 수정 보완하여 1604년 두 번째 쿼토판(the second Qrarto) 〈햄릿〉을 출간하였다. 세 번째 텍스트는 1623년에 발간된 폴리오판(first Folio) 〈햄릿〉이다. 현대판 〈햄릿〉은 주로 두 번째 쿼토판 〈햄릿〉과 폴리오판 〈햄릿〉을 종합한 것이다.

햄릿 이야기는 아득한 옛날 바이킹 시대의 덴마크에서 시작된 것이다. 구전된 전설이 12세기에 이르러 활자화되었고, 1582년경 프랑스어로 번역되어 이후 엘리자베스 시대 영국 무대에서 공연되었다. 이 〈원형 햄릿〉

판은 현재 남아 있는 것이 없다.

얀 코트(Jan Kott)는 이렇게 말하고 있다. "〈햄릿〉을 완벽하게 무대에 올리기 위해서는 약 6시간이 필요하다. 따라서 이 작품은 연출가에 의해 압축되어 공연될 수밖에 없다. 그러기 때문에 당연히 제각기 다른 〈햄릿〉 공연이 있게 마련이다. 따라서 어떤 〈햄릿〉 공연도 셰익스피어 시대의 〈햄릿〉보다는 축소된, 불완전한 〈햄릿〉 공연이 될 수밖에 없다. 그러나 이 때문에 〈햄릿〉 공연은 제각기 시대와 나라에 따라 개성의 빛과 의미를 지니게 되어 동시대적 〈햄릿〉이 성립된다."

〈햄릿〉은 얀 코트가 말한 대로 시대와 나라를 비추는 '거울의 기능'을 하고 있다. 가장 이상적인 〈햄릿〉 공연은 셰익스피어에 충실하면서도 동시에 현대성을 획득하고 있는 것이 되어야 한다. 즉 〈햄릿〉 공연 무대 속에 얼마나 진실한 셰익스피어가 있고, 얼마나 절실한 우리들 자신이 표현되고 있는가가 중요하다. 〈햄릿〉의 주제는 실로 다양하다. 정치 · 폭력 · 도덕 · 복수 · 효도 · 사랑 · 우정 그리고 존재의 의미와 인생의 목적 등이 그것인데, 우리들은 이 모든 주제들을 몇 가지만 선택하거나 전체를 종합 · 연관시켜 읽어야 한다. 중요한 것은 선택의 기준과 이유다. 〈햄릿〉을 성격 비극의 대표적인 예로 꼽는 까닭은 왕자 햄릿의 비극적 성격을 통해 이미 지적한 숱한 주제들이 표출되고 있기 때문이다.

작품 〈햄릿〉에 있어서 가장 크게 논의되고 있는 문제는, 어째서 햄릿은 복수할 수 있는 기회가 있었는데도 과감히 실천하지 못하고 종국적인 죽음의 파국을 맞이하였는가 하는 점이다. 이 점에 대해선 그의 성격이 우유부단해서 못 했다는 성격적 무능설, 인생을 지나치게 비관하고 있었기 때문에 행동이 불가능했다는 비관론설, 개인적 복수보다는 혼란과 파탄 속에 빠져 있는 덴마크를 먼저 구했다는 구국사명설, 부왕에 대한 질투심 때문에 부왕의 명령을 따르고 싶지 않았기 때문이라는 오이디푸스 콤플렉스설 등 갖가지 논의가 제기되고 있는데, 필자는 이 모든 이유가 종합된 복합적 원인 때문에 복수를 지연할 수밖에 없었다는 절충설을 믿고 싶다. 복수를 어떻게 했는가 하는 것만을 따진다면 키드(Kyd)류(類)의 복수극과 큰 차가 없겠는데, 유의해야 할 점은, 복수행위를 과제로 삼고 있으면서도 수행해내기 힘겨워하는 한 인간의 정신이 더듬는 고뇌의 역정과, 그 과제에 대한 정신적이며 육체적인 의식적 반응 등인 것이다. 〈햄릿〉을 읽으면서 마음속에 살아 있는 햄릿을 느낄 수 있는 순간은 바로 이런 각도에서 이 작품을 읽었을 때가 된다.

플롯 시놉시스

제1막 : 심야의 성벽에 부왕(父王)의 망령이 나타난다.

부왕이 서거한 지 한 달, 왕비 거트루드는 선왕의 동생 클로디어스와 재혼한다. 클로디어스는 새로운 국왕이다. 비텐베르크대학의 학생인 왕자 햄릿은 이런 돌변한 상황이 불만이다. 부왕에 비해 모든 점에서 열등한 클로디어스와 재혼한 모친에 대해서도 이해할 수 없다. 망령과의 만남에서 부왕이 암살당했다는 것을 알고 그는 복수를 맹세한다.

내무대신 폴로니어스는 새로운 왕에게 아부하는 속물이다. 햄릿은 그를 싫어한다. 폴로니어스는 홀아비로서 아들 레어티즈와 딸 오필리어가 있다. 레어티즈는 프랑스에 유학 중인데 새로운 왕의 대관식 때문에 일시 귀국해 있다. 미모의 딸 오필리어는 햄릿과 사랑하는 사이지만 레어티즈는 그녀에게 사랑을 단념하도록 종용한다. 폴로니어스도 이 의견에 동조한다.

제2막 : 우리는 실의에 빠진 햄릿 왕자를 본다. 부왕의 복수 명령을 따르겠다고 했지만 일은 간단치 않았다. 일국의 왕을 살해한다는 것은 중범죄다. 국민에게 그럴 만한 이유가 제시되어야 한다. 현재 증거는 망령의 말뿐이다. 그 망령이 자신을 현혹하기 위한 악령이라면 어떻게 할 것인가. 구체적이고 확실한 증거가 있어야 한다. 왕은 건장하고 용맹한 스위스 근위병의 호위를 받고 있다. 암살의 기회를 잡는 일은 결코 쉽지 않다. 게다가 부왕의 명령은 가혹하다. 복수를 하되 거트루드 왕비를 해쳐서는 안 된다, 복수를 하되 위기에 빠진 왕국을 구하라는 등 조건부여서 햄릿 왕자가 수행하기에는 너무나 벅찬 일이다. 햄릿은 이 때문에 깊은 고민에 빠진다.

우울증에 빠진 햄릿은 광기를 부린다. 그의 광증은 자신의 속셈을 은폐하기 위해서 일부러 하는 짓이지만, 그럴 만한 충분한 이유도 있어서 주변 사람들은 쉽게 속는다. 우선 왕과 왕비, 그리고 폴로니어스 등은 왕자의 광기가 오필리어에 대한 사랑 때문이라고 속단한다. 그러나 새로운 왕 클로디어스는 음모에 능한 정치가다. 그는 햄릿의 광기의 원인을 쉽게 받아들이지 않는다. 클로디어스 왕은 햄릿의 친구를 불러 햄릿 왕자의 우울증의 진상을 파악하도록 명한다. 그 시기에 유랑 극단이 엘시노어 왕궁에 도착한다. 햄릿은 대환영이다. 공연을 이용해서 국왕의 범죄를 확인하고 증거를 잡고자 한다.

제3막 : 햄릿의 고민과 증거 포착 계획이 한꺼번에 나타나는 장면이 계속된다. 유명한 독백 "죽느냐, 사느냐, 그것이 문제로다…" 라는 대사가 나오는 것도 제3막이다. 햄릿은 여전히 망령의 말에 반신반의하면서 우유부단한 성격으로 실천을 주저하는 자신에 대해서 혐오감을 느낀다. 동시에 세상의 타락과 혼란을 증오하면서 허무주의적인 자포자기에 빠지기도 한다. 그래서 복수는 계속 지연된다. 그는 지혜를 짜서 극중극을 연출한다.

이 극에서 새로운 왕의 암살 장면을 재연한다. 햄릿은 친구 호레이쇼에게 부탁해서 클로디어스의 반응을 관찰하기로 한다. 극중극 장면을 보고 클로디어스 왕은 얼굴이 새파랗게 질려서 퇴장한다. 이 광경을 보고 햄릿과 호레이쇼는 클로디어스를 살인범으로 단정한다. 살인범을 쫓는 햄릿은 "알았다!" 라며 쾌재를 부른다. 한편 클로디어스 왕도 "알았다!" 라고 소리를 지른다. 햄릿이 자신의 암살 행위를 알고 있다는 것을 확인했다는 소리다. 이 장면이 연극 〈햄릿〉의 클라이맥스가 된다. 지금까지는 햄릿이 클로디어스를 쫓는 입장이었다. 앞으로는 클로디어스가 햄릿을 쫓는 과정이된다. 그러나 우리가 놓쳐서는 안 되는 중요한 장면이 있다. 극중극 후 클로디어스가 혼자서 기도하는 장면이다. 햄릿은 어머니의 호출을 받아 가는 길에 우연히 이 장면을 목격한다. 그는 클로디어스의 죄악 고백 장면을 목격한다. 그래서 칼을 빼고 그를 죽이려 한다. 그러나 단념한다. 클로디어스가 악행을 저지를 때 죽여야 그를 지옥에 보낼 수 있다고 생각해서였다. 그러나 이 행위는 복수의 지연이다.

햄릿이 어머니와 만나고 있을 때, 방의 장롱 뒤에서 이들의 대화를 엿듣고 있던 폴로니어스를 햄릿은 클로디어스 왕인 줄 알고 찔러 죽인다.

제4막 : 햄릿은 국왕의 명을 받아 영국으로 출범한다. 클로디어스 왕은 영국 왕에게 보내는 친서 속에 햄릿을 살해해달라는 부탁을 하고 있다. 오필리어는 햄릿으로부터 버림을 받은 데다, 부친마저 살해되자 발광해서 익사한다. 레어티즈는 부친의 사망 소식을 듣고 무장한 민중을 이끌고 왕궁으로 쳐들어간다. 그에게 클로디어스는 부친을 살해한 사람은 자신이 아니라 햄릿임을 알려준다. 클로디어스는 그에게 햄릿과 결투해서 독살할 것을 종용한다. 레어티즈의 칼에 독을 칠하고, 햄릿이 마시는 물에도 독약을 풀어놓는다는 것이었다.

제5막 : 묘지 장면에서 시작한다. 오필리어의 장례 행렬이 나타난다. 이 장면에 영국에서 살아서 돌아온 햄릿이 친구 호레이쇼와 함께 몰래 나타난다. 햄릿은 오필리어의 죽음을 알게 된다. 장면은 바뀌어 햄릿과 레어티즈의 결투장면이 된다. 결투 도중 왕비는 햄릿을 위해 건배를 하는데, 마신 잔이 독배(毒杯)였다. 결투 도중 독검이 햄릿을 찌르고, 싸우다가 칼이 바뀌어 레어티즈의 독검을 손에 든 햄릿이 레어티즈를 찌른다. 왕비가 쓰러진다. 이 광경을 보고 레어티즈는 햄릿에게 진상을 고백한다. 햄릿은 모든 범죄를 꾸민 클로디어스를 살해한다. 그에게 독배를 마시게 한 것이다. 그렇게 해서 클로디어스도 죽는다. 레어티즈도 죽는다. 햄릿도 죽는다. 모두가 죽는 처참한 종말에 깊은 침묵이 흐르는 가운데 노르웨이 군의 예포가 울려 퍼지면서 서서히 막이 내린다.

2) 오셀로

16세기 말부터 17세기 초 영국에서는 '가정비극' 이라고 불리는 작품이 성행했다. 그동안 비극의 주인공들은 대부분 왕후귀족이나 역사상의 인물들이었는데, 이 '가정비극' 에서는 중산층 인간을 주역으로 하고, 그 당시의 상황을 그 시점에서 수용하여 주로 가정 내에서 일어나는 애정문제나 가족 간의 갈등과 살인사건을 다루고 있었다. 토머스 헤이우드의 〈순하기 때문에 살해된 여인〉(1603년)이 그 대표작이라 볼 수 있다. 셰익스피어가 〈햄릿〉의 비극을 복수극의 패턴에 맞춰 써나갔다고 할 때 〈오셀로〉는 복수극의 패턴을 답습하고는 있지만 초점을 가정의 비극에 두고 있다는 점이 특이하다. 셰익스피어는 이 작품의 소재를 이탈리아인 지란디 친지오의 〈백 개의 이야기〉(1565?)에서 얻어왔다.

그러나 우리는 〈오셀로〉를 단순히 가정비극 작품으로만 읽지 않는다. 피부색이 검은 오셀로가 원로원의 딸 백인 미녀 데스데모나를 아내로 맞이하는 일이 자신의 탁월한 존재 가치를 인정하는 일이었다면, 그녀를 상실한다는 것은 자기 자신의 존재를 잃고 마는 일이 된다. 그는 남달리 질투심이 강한 사람은 아니었다. 정열적이고, 용감하고, 고결한 정신의 소유자였다. 그토록 자신만만하던 그가 보잘것없는 일개 부하인 이아고의 간계에 넘어가 질투심에 빠져, 고결한 성격의 인간이 짐승 같은 인간으로 타락하는 운명의 비극을 이 작품은 다루고 있다. 더욱 큰 문제는 오셀로의 파멸과 데스데모나의 비극적 죽음만이 아니라 이아고의 엄청난 악의 파괴력이다. 어떻게 보면, 오셀로는 질투심에 사로잡혀 데스데모나를 죽이는 것이 아니라, 이아고의 초인적인 선동력에 꼭두각시가 되어, 이아고 밑에서 살인의 하수인이 된 듯하다.

이아고에게는 어떤 동기가 있었을까. 이아고의 성격이 부자연스럽게 보인다면, 그것은 그의 악행에 뚜렷한 동기가 없기 때문이 아닌가라는 의문이 생긴다. 이 작품을 읽으면서 더욱 불가사의하게 생각되는 것은, 이 작품이 극중의 실제 경과 시간과 등장인물과 관객의 심리적 시간 사이에 이중의 시간구조를 갖고 있어서, 처음에는 천천히 극이 전개되다가 제3막 3장 서부터는 굉장한 스피드로 플롯이 전개되어, 관객은 오셀로가 이아고에게 빠른 속도로 조종되는 것 같은 느낌을 받으며 극 속으로 휘말려들기 때문에 이아고의 동기를 생각할 겨를이 없다는 것이다.

그러나 이아고에게 동기가 없는 것은 아니다. 권력에 대한 욕망을 달성하는 데 방해가 되는 모든 요소를 제거하려는 의지가 있었다. 물욕이 남달리 강했다. 돈을 얻기 위해 온갖 힘을 기울인다. 권력욕과 물욕이 이아고의 병든 지력과 부도덕한 정신에 상승작용을 일으키며 엄청난 파괴력이 가동된다. 그는 자기 자신의 운명과 타인의 운명에 대해서는 무관심하다. 악을 위한 악행에 헌신하는 집념에 사로잡혀 있다. 또한 오셀로의 성격이 자기 자신을 미화시키고 이상화시키면서 있는 그대로의 상황과 자기 자신의 허점을 무시할 때 이아고의 영향력은 더욱 커질 수 있다. 손수건 사건이 이 점을 잘 설명하고 있다. 한 장의 손수건을 증거로 아내를 살해하는 동기로 삼는 오셀로의 잘못은 이아고가 역이용하는 무기가 된다.

〈파우스트〉에 나타나는 메피스토펠레스에게는 두 면이 있다. 악의 이념의 부담자로서의 일면과 파우스트의 동반자로서의 현실적인 일면이다. 메피스토펠레스의 악의 이념이 어떤 것인가는 그와 파우스트와의 최초의 대화에서 명백해진다. 그는 자신을, 항상 악을 바라면서도 끊임없이 선을 만드는 힘의 일부라고 규정한다.

그의 악이란 것은, '천상의 서곡' 에서 주님이 메피스토펠레스를 가리켜 "대수로운 자가 아니다" 고 언명했듯이 궁극적으로 선에 대항하는 악이 아니라는 것은 명백하다. 즉 파우스트가 잠시 메피스토펠레스와 타협하는 것은 메피스토펠레스를 사역해서 자기 완성에의 길을 한층 더 강렬하게 추구하기 위해서였다. 따라서 파우스트는 방황하면서도 꾸준히 노력하는 일을 단념하지 않는다. 이처럼 파우스트에 있어서는, 악은 선에 대립하는 요소가 아니라 지고의 선에 이르는 한 방편이었다. 그러나 이아고의 경우는 메피스토펠레스의 역할과는 전혀 다른 악의 의미였다. 이아고는 악을 행하며 악을 철저히 악으로서 사랑한다.

〈오셀로〉는 셰익스피어의 어느 작품보다도 비극적 구성이 우수한 작품이라 할 수 있다. 뿐만 아니라 오셀로 장군은 셰익스피어가 창조한 다른 어떤 인물보다도 사실적이다. 그에게는 초자연적이며 신비로운 부분이 전혀 없다. 오셀로 장군이 또한 고결한 비극적 인물로 묘사되어 있는 것도 중요한 특징이라 할 수 있다. 작품 〈오셀로〉에서 특이한 존재는 이아고다. 그는 이기심과 악의의 상징이 되고 있다. 데스데모나는 오필리어나 코델리아처럼, 아름답고 가련한 비극적 여주인공이다. 작품 〈오셀로〉는 〈햄릿〉과 비교하여 그 주제가 덜 철학적이고 〈리어 왕〉과 비교하여 덜 격정적이지만, 그 대신 사실적이요 낭만적인 작품이라는 특징을 지니고 있다. 그 이유는 이 작품이 지니고 있는 시(詩)의 매력 때문이다. 〈리어 왕〉과 〈오셀로〉가 구별되는 또 다른 중요한 특징은 〈오셀로〉와는 달리 〈리어 왕〉은 명백한 이중 플롯을 지니고 있다는 점이다. 리어 왕과 딸들의 관계가 메인 플롯이라고 한다면, 글로스터와 그의 아들들과의 관계는 서브 플롯이 된다. 이 두 가지 플롯이 평행하여 서로 얽히면서 주제가 대조적으로 부각된다. 그리고 중요한 부분이 강조된다. 〈리어 왕〉은 〈오셀로〉나 〈맥베스〉가 지니고 있는 통일성과 집중성은 잃고 있지만 상징적 의미의 표현에는 성공하고 있다.

선이 싫고, 선을 증오하기 때문에 악을 행한다. 이아고의 행위에는 복수라든지, 질투라든지, 혹은 야망 같은 것이 있어 행동상의 동기가 되는 면도 있지만, 그보다는 악의라든지 자신의 악으로 인한 타인의 고통에서 느끼는 희열이 있음을 잊어서는 안 된다. 도덕에 대한 생리적인 혐오와 타자에 대한 경멸감, 선에 대한 의식적인 반항, 악한 행동 자체에 대한 향락 등이 복합적으로 얽혀 이아고의 악을 낳고 있는 것이다. 오셀로는 전적으로 이아고의 손아귀에서 희롱당하기만 한다. 이아고의 악이 오셀로를 각성시켜 그를 향상시키는 채찍이 되지 못하고 무서운 폭군이 되어 그의 운명을 좌우하고 있다. 오셀로는 햄릿, 리어 왕, 맥베스 등의 경우와 같이 극한 상황에 도달한 인간의 비극이다. 그는 어두운 인간 고뇌의 심해에 도달한다. 빅토르 위고는 "오셀로는 무엇이냐. 그는 밤이다. 거대한 운명적 인간이다"라고 말했고, 배우 로렌스 올리비에는 "이아고가 오셀로 곁에 있는 것은 오셀로가 무너져내리는 산벼랑에 서 있는 것과 같다"고 말한 적이 있는데, 이 두 비극적 인물들의 관계를 잘 설명하고 있는 말이다. 우리는 〈오셀로〉를 읽고 선(善)이 산벼랑 아래로 무너져내리는 비통감을 맛본다. 이 비통감은 정의가 끝내 실현되지 못한 깜깜한 밤과도 같은 것이다. 이아고를 마지막에 사로잡아 아무리 그를 고문해도 데스데모나는 돌아오지 않는다.

플롯 시놉시스

제1막 : 무대는 베니스가 독립된 국가로서 지중해의 패권을 장악하며 터키와 항쟁하던 시기의 이야기다. 악인 이아고가 베니스의 남자 로더리고를 동반해서 등장한다. 로더리고는 사람은 좋지만 순진하고 어리석어 이아고에게 이용당하고 있다. 이아고는 승진 문제로 울분을 삼키고 있다.

베니스 지중해군 총사령관은 무어인 장군 오셀로다. 그 부관으로 이아고는 자신이 임명되리라 믿었는데, 캐시오가 차지했다. 이 때문에 이아고는 캐시오도 미웠지만 오셀로 장군을 더 증오한다. 뿐만 아니라 오셀로는 원로원 의원 브러밴쇼의 딸 데스데모나와 사랑을 나누는 사이가 된다. 무어인 주제에 베니스 최고의 미녀를 차지했다는 점 때문에 이아고는 질투심을 갖는다.

이아고는 한밤중에 브러밴쇼 의원의 집으로 가서 무어인 이 댁의 따님을 농락하고 있다고 고자질한다. 브러밴쇼는 딸의 방을 가본다. 딸이 없다. 데스데모나는 오셀로와 데이트 중이다.

터키 함대가 키프로스 섬을 향해 출동했으니 오셀로는 출진 명령을 받는다. 오셀로 장군이 한 걸음 먼저 가고, 뒤따라 신부 데스데모나가 남편과의 재회를 위해 출발한다. 이아고는 그녀를 수행한다. 이아고의 처 에밀리아도 함께 가면서 데스데모나의 뒷바라지를 한다. 데스데모나를 짝사랑한 로더리고는 낙심하고 있다. 이아고는 그에게 "돈을 잔뜩 들고 나를 따라오라"고 설득한다. 데스데모나가 곧 오셀로에 싫증을 낼 터이니, 그때 데스데모나에게 값진 선물을 하면 로더리고에게도 기회가 올 것이라고 말한다. 로더리고는 그의 간계에 넘어가 이아고를 따라 키프로스로 간다.

제2막 : 이후는 키프로스 섬이 무대가 된다. 터키 함대는 폭풍을 만나 해상 조난을 당해 전멸했다. 오셀로 일행과 데스데모나 일행이 키프로스섬에서 재회한다. 이아고는 부관 캐시오가 데스데모나에게 연정을 품고 있다고 믿는다. 또한 오셀로가 자신의 처 에밀리아를 간음하고, 캐시오도 똑같은 짓을 했을 것이라고 속단한다. 그는 이들에게 앙심을 품는다. 모두 혼내주겠다고 결심한다.

오셀로는 부관 캐시오에게 밤사이 경비를 맡기고 자신은 신혼의 잠자리에 든다. 키프로스섬은 전승 파티로 요란하다. 모두들 취해 있다. 캐시오는 이아고가 준 술을 받아 마시고 만취 상태에서 몬타노와 싸움을 한다. 몬타노는 칼에 찔려 죽을 고비를 맞고 있다. 경비 초소의 종이 울리고 시끄러워지자 오셀로 장군이 잠자리에서 일어나 나온다. 캐시오가 만취해서 사건이 발생했다고 이아고가 오셀로 장군에게 보고하자, 오셀로 장군은 "부관은 면직이다"라고 말한다. 이아고는 캐시오에게 데스데모나를 찾아가서 사죄하라고 일러준다. 그녀는 그를 도와줄 것이라고 말한다. 캐시오는 이아고의 흉계를 알아차리지 못하고 그에게 고마워한다.

제3막 : 이아고의 흉계가 효과를 내고 있다. 캐시오는 몰래 데스데모니를 만나서 일을 부탁한다. 데스데모나는 그에게 호의를 베푼다. 캐시오가 급히 사라진 다음 오셀로 장군이 나타나자, 이아고는 일부러 "앗, 실수였다"라고 말한다. "왜 그래?"라고 묻는 장군에게 이아고는 "아무 일도 아닙니다. 저는 아무것도 모릅니다……"라고 말한다. 오셀로 장군은 그가 등장하자 급히 도망치듯 사라진 캐시오가 미심쩍다. 게다가 이아고의 이상한 발뺌이 마음에 걸린다. 이아고는 이 모든 것을 계산에 넣고 있다.

데스데모나는 오셀로 장군에게 캐시오의 구명을 간청한다. "이상하다?" 오셀로는 의심을 품는다. 이아고는 계속 두 사람의 불륜을 암시하는 말을 한다. 생쥐 한 마리가 바위를 갉아서 무너지게 만드는 일이 시작되었다. 오셀로는 무어인으로서 검은색 피부에 대한 열등감이 언제나 있다. 캐시오는 백인 미남이다. 셰익스피어의 대사 처리, 인물 설정의 신기(神技)를 엿보게 하는 장면이 계속된다.

이아고는 다음 단계의 책략을 펼친다. 아내 에밀리아에게 부탁해서 데스데모나의 손수건을 입수해달라고 한다. 이아고는 그 손수건을 캐시오의 방에 떨어뜨린다. 이 손수건은 오셀로 장군이 신부에게 준 귀한 선물로서, 오셀로 장군의 어머니가 간직했던 사랑의 보물이다. 이아고는 오셀로 장군에게 캐시오가 그 손수건으로 머리를 닦고, "사랑하는 데스데모나"라고 말하는 것을 들었다고 말한다. 오셀로의 질투심에 불이 당겨진다. 오셀로는 아내에게 손수건의 행방을 묻지만 데스데모나는 제대로 답변을 못 한다. 아내는 계속해서 캐시오의 착한 면을 상기시키면서 그의 사면만을 간청하고 있다.

제4막 : 이아고는 오셀로에게 데스데모나가 캐시오에게 안겨 있었다고 말한다. 캐시오의 정부 비앙카가 캐시오에게 매달리면서 사랑을 호소하는 장면을 멀리서 부분적으로 목격한 오셀로는 그 여자를 데스데모나로 착각하고 더 이상 참지 못하고 있다. 이성을 잃은 오셀로는 데스데모나에게 폭언을 하고 폭력을 휘두른다. 데스데모나의 필사적인 변명을 묵살한 오셀로는 완전히 이아고의 간계에 빠진 하수인처럼 되었다. 이아고의 처 에밀리아가 오셀로 장군 앞에서 데스데모나를 옹호해도 그는 아랑곳하지 않는다. 데스데모나는 절망적이다.

제5막 : 로더리고가 칼을 뽑아 캐시오를 습격하지만 오히려 역습을 당하고 살해된다. 캐시오는 중상을 입는다. 이것도 이아고의 흉계였다. 로더리고를 충동질해서 캐시오를 죽이는 한밤중의 난투극 중에 이아고 자신이 캐시오를 찌르고 로더리고를 죽였다. 한편 이성을 잃은 오셀로는 혼자 침실에서 잠들어 있는 데스데모나에게 가서 그녀를 죽이려고 한다. "살려달라"고 애원하는 데스데모나에게 오셀로는 "창녀!"라고 말하며 매도한다. 오셀로는 데스데모나를 교살한다. 살해 직후 손수건이 이아고에게 전달된 경위가 에밀리아의 입을 통해 오셀로에게 전달된다. 이 일이 폭로되면서 모든 것이 이아고의 흉계에 의한 것임이 밝혀졌다. 오셀로는 이 이야기를 듣고 통곡하며 후회한다. 그는 눈물을 흘리면서 스스로 목을 찔러 자결한다. 이아고는 체포되어 끌려 나간다.

3) 리어 왕

〈리어 왕〉은 홀린셰드의 〈연대기(Chronicles)〉와, 1594년경에 쓰여서 1605년에 간행된 〈리어 왕의 진정한 사기(True Chronicle History of King Lear)〉(작자 불명)와 스펜서의 〈선녀 왕(Faerie Queene)〉, 시드니의 〈아카디아(Arcadia)〉 등에서 그 소재를 얻어온 작품이다. 선악의 영원한 테마를 토대로 하여, 인간의 여러 성격을 병적이며 심리적인 측면에서 규명하고, 인간성의 그로테스크한 비극을 〈리어 왕〉만큼 예술적으로 심층적으로 그려나간 극작품은 드물다. 리어 왕의 성격은 작품의 핵심을 이룰 뿐만 아니라 모든 사건이 어쩔 수 없이 분출되는 근원이 된다. 성격들이 형성되어 사건이 전개되고, 그 사건 속에서 선과 악의 행동은 똑같이 파멸되었다. 코델리아의 죽음과 리어 왕의 광증, 글로스터의 육체적인 박해 등을 선의 낭비라고 생각한다면, 고네릴의 자살, 리건의 독살, 콘월의 살해, 에드먼드의 죽음 등은 악의 멸망이라고 생각해도 좋을 것이다. 셰익스피어는 선에게 궁극적인 승리를 주긴 했지만 악에 대항하기 위한 선한 여러 성격들의 의지는 너무나 박약했고, 그들의 행동은 맹목적이었다.

개인적 선에 가장 긴요한 미덕은 강력한 의지다. 개인적인 도덕적 이상이 확고하지 못하면 진정한 인격은 함양될 수 없다. 리어 왕의 박약한 의지와 맹목적인 아집은 선의 힘을 쇠퇴시킨 동시에 악의 유발을 촉진시켰고, 비극의 전주곡이 되었다. 이처럼 선이 악에 의하여 압도당하고 큰 피해를 입는 것을 보고, 스윈번은 리어 왕을 해석하는 데 있어서 숙명적 운명론을 강조했고, 브래들리는 비관론적 입장을 취했다. 그러나 〈리어 왕〉의 세계는 비극적 신음 소리가 광풍에 섞여 들리는 어두운 밤이기는 하지만 〈오셀로〉의 캄캄한 밤과 달리 찬란히 별이 빛나는 밤인 것이다.

우리는 이 작품에서 코델리아, 켄트, 에드거, 바보광대 등의 별이 높이 솟아 반짝이는 것을 본다. 리어 왕의 광증은, 그가 모순된 현실을 깨닫고 불완전한 자아를 확인했을 때 그 모순과 불완전성을 탐색하려는 신비한 노력이었다. 리어 왕과 코델리아가 순수한 사랑만으로 결합되기 위해 궁극의 힘은 온갖 희생을 강요했다. 그것은 선한 행위를 위하여 선 자체가 악으로 인해 겪는 고뇌와 같으며, 그 고뇌를 딛고 환희에 이르려는 눈부신 고투였다. 이 같은 고투가 있을 때 비로소 선 의식이 확고해진다.

궁극의 힘은 인간에게 시련을 안기며 숱한 싸움에서 패하게 하고 숱하게 많은 선한 인간을 죽일 수도 있다. 그러나 궁극의 힘이 존재하는 것은 선의 궁극적인 승리를 위해서다. 궁극의 힘은 인간에게 불안, 공포, 고통을 주면서 인간을 각성시킨다. 궁극의 힘은 인간으로 하여금, 여자의 정절을 믿어야 하는가(〈햄릿〉〈오셀로〉), 정치의 도의적인 결백성은 과연 있는 것이냐(〈줄리어스 시저〉), 여자들 간의 화합은 가능한가(〈리어 왕〉〈아테네의 타이몬》) 등의 허다한 의문을 갖게 하여 인간을 시련 속으로 몰아 넣는다.

따라서 비극작품이 인간에게 주는 교훈은, 고통을 부정하지 말라는 것이다. 코델리아의 죽음은 이 궁극의 힘이 상징적으로 가장 강렬하게 표현된 형태라고 볼 수 있다. 선과 악의 투쟁 속에서 희생되는 코델리아의 죽음은 '세계의 해체와 붕괴'라는 이 작품의 주제를 가장 강렬하게 표현하고 있는데, '고통을 통해서 리어 왕이 정화되고 그의 비극적 위대성이 회복되는' 상대적 반응이 있었기 때문에 코델리아의 죽음은 해체와 붕괴를 통한 생의 완성일 수 있었던 것이다.

플롯 시놉시스

제1막 : 막이 열리며 켄트 백작, 글로스터 백작, 에드먼드 세 사람이 등장한다. 우렁찬 나팔 소리에 리어 왕이 등장한다. 그리고 세 딸들이 그 뒤를 따른다. 고네릴, 리건, 코델리아 세 자매들이다. 고네릴은 알바니 공작이 남편이요, 리건은 콘월 공작이 남편이다. 리어 왕은 왕국의 영토를 세 딸에게 분배하려고 한다. 딸들의 효성에 따라 영토를 결정하고 싶은 리어 왕은 딸들의 말을 듣고자 한다. 고네릴은 최대의 사랑을 호소하고, 리건도 푸짐한 찬사를 보낸다. 이들의 말에 만족한 리어 왕은 영토를 3분의 1씩 분배한다. 정직한 코델리아는 허황된 말을 하지 않는다. 리어 왕은 마음이 상해서 고함을 지른다. "너는 내 딸이 아니다. 영토 분배는 없다. 나가라!" 정직한 코델리아를 변호하던 켄트 백작에게도 추방령을 내렸다. 이 자리에는 버건디 공작과 프랑스 왕도 참석하고 있다. 이들은 코델리아의 남편 후보들이다. 코델리아가 영토를 받지 못하자 버건디 공작은 사퇴한다. 그러나 프랑스 왕은 코델리아를 아내로 맞는다고 선언하면서 그녀의 손을 잡고 나간다.

글로스터 백작에게는 적자인 에드거와 사생아 에드먼드 두 아들이 있다. 에드먼드는 계략을 꾸미며 자신이 집안을 승계하려고 한다. 그는 에드거로부터 받은 편지를 위조해서 부친이 올 때 읽는 척하다가 숨긴다. 글로스터는 묻는다. "지금 읽고 있는 것이 무엇이냐?" "아무것도 아닙니다." 편지 내용은 두 형제가 작당해서 부친의 재산을 가로채자는 것이었다. 그 편지를 읽은 글로스터 백작은 에드거의 배신을 증오하며 에드먼드에게 기대를 건다.

제2막 : 글로스터 백작은 부친의 암살을 기도한 에드거를 추적한다. 에드거는 신변의 위험을 느끼고 도주한다. 그는 거지꼴로 미친 사람 행세를 하면서 산야에 파묻혀 산다.

리어 왕은 장녀 고네릴의 집에 머문다. 고네릴은 리어 왕을 푸대접한다. 리어 왕의 가신들을 당초 100명에서 50명으로 줄이라고 한다. 한때 추방당한 충신 켄트 백작은 신분을 숨기고 변장해서 리어 왕을 돌보고 있다. 리어 왕은 고네릴의 곁을 떠나 리건의 집으로 간다. 고네릴은 집사 오즈월드를 리건에게 보내 서로 협력해서 리어 왕을 괴롭히려고 한다.

켄트 백작이 리어 왕의 도착을 알리는 사자(使者)로서 먼저 리건의 집에 도착하는데 리건과 남편 콘월 공작은 누추한 켄트 백작을 난폭자로 보고 족쇄를 채우고 가둔다. 리건의 집에 도착한 리어 왕은 자신의 신하가 족쇄를 찬 것을 보고 격분한다. 숱한 무례와 천대를 받은 리어 왕은 딸들의 집에 있지 못하고 미친 듯이 들판으로 나간다. 리어 왕에게는 어릿광대가 따라다니고 있다. 그는 시종 웃기는 말을 하면서 리어 왕에게 숱한 경고를 발설한다.

제3막 : 황야를 헤매는 리어 왕의 곁에는 어릿광대 한 사람과 충신 켄트가 변장하고 따라다니며 시중든다. 마침 그 시기에 프랑스군이 도버에 상륙했다. 켄트는 사람을 보내 군 진영에 혹시 코델리아가 있는지 수소문한다. 그는 리어 왕의 곤경을 알려서 구원을 요청하고자 했다. 어릿광대와 함께 황야를 헤매던 리어 왕은 폭풍을 피해 오두막 속으로 들어간다. 그곳에서 에드거를 만난다. 글로스터 백작도 리어 왕의 행방을 찾아 이곳에 온다. 그러나 백작은 에드거를 알아보지 못한다. 글로스터 백작은 리어 왕을 옹호하다가 리건과 콘월 공작의 비위를 건드려 성에서 추방당해 방랑자가 되었다. 백작은 프랑스군에게 연락해서 리어 왕을 구출하고자 한다. 그 비밀을 그는 에드먼드에게 말했다. 에드먼드는 밀서를 들고 콘월 공작에게 간다.

글로스터 백작은 체포되어 리건과 콘월 공작 앞에 나타난다. 콘월 공작은 글로스터 백작의 두 눈을 칼로 찔러 뽑는다. 이 같은 잔악행위를 보고 하인 한 사람이 칼을 뽑아 콘월 공작에게 대들지만 역으로 그는 참살당한다. 콘월 공작도 이 때문에 상처를 입고 퇴장하지만 이 상처로 목숨을 잃는다. 이 시점에서 글로스터 백작은 에드먼드가 악당인 것을 알고 자신의 어리석음을 개탄한다.

제4막 : 글로스터 백작은 두 눈을 잃고 황야를 배회하다가 아들 에드거를 만난다. 에드거는 두 눈을 잃은 노인이 자신의 아버지인 것을 알지만 자신의 신분을 속이고 노인을 친절하게 돌본다. 글로스터 백작은 에드거에게 부탁한다. "도버 해협으로 데려다 주오. 그곳에 가면 벼랑이 있다지."

에드먼드는 여자를 농락한다. 고네릴과 리건 두 여자에게 추파를 던지는 것이다. 두 여자는 에드먼드를 두고 사랑싸움을 한다. 한편, 충신 켄트 백작이 코델리아에게 한 연락이 성공해서 편지가 전달되었다. 편지를 전달한 신사는 리어 왕의 참담한 소식을 접한 코델리아의 모습을 다음과 같이 전했다.

> 한두 번 '아버님!' 하고 소리 내어 부르셨지요. 가슴속 깊은 곳으로부터 애타게 터져 나오는 소리였습니다. 그러고는 '언니들, 언니들! 여성으로서 부끄러운 일이에요! 언니! 켄트! 아버님! 언니들! 폭풍우 속에서? 한밤중에? 이 세상엔 자비심도 없는가!' 하고 울부짖으셨습니다.

프랑스와 영국의 싸움이 시작되어 프랑스군이 도버 해협을 건너 진군했다. 프랑스 왕은 본국에 급한 일이 생겨 급히 귀국했다. 도버 주둔군의 세력은 영국군에 비해 열등하다. 영국군 사령관은 알바니 공작이다.

도버 해협에 도달한 글로스터 백작과 에드거도 큰일이다. 글로스터 백작은 벼랑에서 투신자살할 생각이다. 그는 이 일을 에드거에게 부탁한다. 에드거는 글로스터 백작을 벼랑 끝으로 데리고 가는 시늉을 한다. 눈이 안 보이는 글로스터 백작은 에드거의 말을 믿고 결심하고 뛰어내리는데 아무런 상처도 입지 않는다. 에드거는 언덕 밑으로 가서 딴 사람으로 변장한 뒤 백작을 도와 일으켜 세우며 기적이 일어나서 신의 은총으로 살아났다고 하면서 희망을 갖고 살아야 한다고 호소한다. 이 장면에서 리어 왕이 나타난다. 글로스터 백작과 에드거가 가까이 가서 보니 리어 왕은 미쳐 있다. 두 사람이 비탄에 빠져 있을 때, 충신 켄트와 밀사로 일했던 신사가 리어 왕을 찾아온다.

악당 패거리의 집사 오즈월드는 리건의 하수인이 되어 글로스터 백작을 죽이려고 나타났다가 에드거와 결투해서 참살당한다. 리어 왕은 코델리아의 진영에서 보호를 받으면서 의사의 치료를 받고 깊은 잠에 빠져 있다. 이윽고 리어 왕은 코델리아와 재회한다. 그러자 그는 광기에서 회복된다. 그러나 영국군의 공격이 임박했다. 영국군의 지휘를 맡은 사람은 에드먼드다. 고네릴과 리건이 그의 지시를 받고 있다.

제5막 : 프랑스군은 영국군에 패배한다. 리어 왕과 코델리아가 포로가 되어 감옥에 갇힌다. 에드먼드는 부하에게 두 사람을 암살하라고 명령한다. 알바니 공작과 고네릴이 있는 자리에서 과부가 된 리건이 자신의 새 남편으로 에드먼드를 선택했다고 공언한다. 고네릴은 이 선언에 반대한다. 남편이 있지만 그녀도 에드먼드를 택하고 싶은 것이다. 알바니 공작이 두 자매의 싸움에 끼어들면서 에드먼드의 죄악을 폭로한다. 이 때 나팔 소리가 나면서 전령이 전한다.

> "우리 군대에 복무하고 있는 높은 지위의 명문 출신들 가운데, 글로스터 백작이라 불리는 에드먼드에 대하여 그가 대역죄를 범한 죄인임을 주장하고 싶은 자는 나팔 소리가 세 번 울릴 때까지 나서라. 에드먼드는 자신의 명예를 지킬 자신이 서 있다."

이 일은 에드거가 꾸민 작전이다. 이 말에 에드거가 등장한다. 그는 에드먼드에게 결투를 신청하고 싸운다. 에드먼드가 깊은 상처를 입고 쓰러진다. 이때 에드거는 자신의 신분을 밝힌다. 그는 부친 글로스터 백작이 자신의 팔에 안겨 서거했다고 전한다. 자신의 입장을 비관한 고네릴이 동생 리건을 독살한다. 또한 자신도 단검으로 가슴을 찌르고 자결한다. 코델리아는 이미 죽은 시체가 되어 리어 왕이 안고 나온다. 리어 왕의 애절한 대사가 이어진다.

> "아니, 아니, 아니, 아니다! 어서 우리는 감옥으로나 가자. 둘이서 새장 속의 새들이 되어 노래를 부르자. 네가 나의 축복을 빌어주면 나는 무릎을 꿇고 너의 용서를 구하마. 그렇게 우리는 살아가자. 기도하고 노래하고 옛날 얘기를 나누며 금빛 나비들 보고 웃고 …(중략)… 이 세상 돌아가는 신비에 관해서, 우리는 신들의 밀사(密使)인 양 아는 척하며 지내자."

결투로 입은 상처 때문에 에드먼드는 사망하고, 리어 왕도 죽는다.

4) 맥베스

〈맥베스〉도 홀린셰드의 〈연대기〉에서 그 소재를 구했다. 〈맥베스〉는 창작 연대로 볼 때 〈리어 왕〉과 〈안토니와 클레오파트라〉 사이에 있다. 셰익스피어는 이미 〈로미오와 줄리엣〉 〈줄리어스 시저〉 〈햄릿〉 〈오셀로〉 그리고 〈리어 왕〉 등의 작품 공연으로 극작가로서의 지위가 확고해지고, 극작술이 원숙기에 접어들어 있었음을 알 수 있다. 〈오셀로〉가 극 후반에서 관객들에게 숨쉴 틈을 주지 않은 것과는 대조적으로 〈맥베스〉는 처음부터 중반에 이르기까지 관객을 긴장시키면서, 맥베스의 흉중을 살피게 한다. 처음의 마녀 장면에서, 마녀들이 지껄이는 주문과 맥베스의 대사를 통해 우리는 환상과 현실의 이중적 상황을 알게 된다. 맥베스가 국왕 살해의 흉계를 품고 한 걸음 한 걸음 목적 달성을 향하여 다가서는 숨 막히는 과정에서 긴장감이 고조되다가 드디어 살인이 행해질 때까지 우리는 마음을 놓을 수 없다. 전반부에 맥베스의 일거일동으로 집중되던 초점이 국왕 살해 후에는 여러 사건으로 확대되면서 맥베스의 몰락으로 귀결된다. 드라마 구성의 압축감과 긴밀성은 다른 비극작품에서 찾아볼 수 없는 탁월한 극작술이었다.

맥베스는 11세기 스코틀랜드에 실재했던 인물이었는데, 셰익스피어는 〈연대기〉와 역사적 사실, 전기 등을 자유롭게 참고하여 이 비극을 완성하였다. 이 작품은 〈햄릿〉과 〈오셀로〉와는 달리 현실과의 관련성이 큰 것으로 평가되고 있다. 화약 음모 사건(1605)의 재판 때 이 사건에 가담한 신부 헨리 가네트가 사용한 언어의 양의성(兩義性)을 마녀 예언에 도입하여 맥베스를 혼돈시킨 사례라든지, 가네트의 처형이 1606년 5월인데 〈맥베스〉의 공연은 같은 해 후반에 있었고, 이 사건의 표적이었던 국왕 제임스 1세는 밴쿠오의 후손이며 『악마론』의 저자이기도 한 점 등이다. 문제는 마녀의 정체가 무엇이냐 하는 점이 흥미롭다. 외부 세계의 인물인 고결한 맥베스에게 야심을 불어넣어 영혼을 지옥으로 타락시킨 것이 악마인가, 아니면 맥베스 자신의 야망이 투영된 환상인가 하는 점이다. 그러나 아무리 유혹을 한다 하더라도 맥베스 자신에게 그런 야심이 전혀 없었다면 살인이 가능하지 않았을 것이지만, 또 한편으로는 마녀를 만나지 않았다면 덩컨을 살해하려는 야망을 전혀 품지 않았을지도 모를 일이다. 그러나 맥베스는 운명적으로 마녀들을 만났으니, 그 순간부터 마녀의 지배를 받게 된다.

덩컨 왕의 살해는 맥베스를 악의 길로 인도하여 그를 파멸시킨다. 살해 직전에도 주저했고 살해 후에도 몹시 참회하며 겁에 떤다. 그러나 그는 다시 돌아설 수 없고 죄의 보상을 달리 받을 수도 없다. 일단 죄업의 길로 들어서다 보니 연속적으로 또 다른 죄를 저지르게 되는 함정에 빠진다. 이것도 죄를 의식적으로 저지르기 위한 행위가 아니라 자기 자신을 파멸로부터 보호하기 위한 방어 본능에서인 것이다. 뱅쿠오에 대한 공포와 증오감이 그에게 살의를 품게 하는 경우를 보면 알 수 있다. 폭력을 통해 획득한 왕관을 보유하기 위해 그는 계속 악행을 거듭하는 폭군이 되고 만 것이다.

그러나 흥미로운 것은 셰익스피어가 맥베스를 살인마의 성격으로 창조하지 않았다는 점이다. 이것은 주인공에 대한 관객의 공감을 불러일으키자는 능숙한 극작술인데, 맥베스에게 악행을 행하게 하면서도 그에게 인간적인 약점이나 부드러운 인간성, 고결한 성품을 약간 부여하여 주인공에 대한 관객들의 혐오감을 억제시켜 극적 공감을 획득하도록 하는 수법인 것을 알 수 있다. 맥베스 부인을 과격한 악의 화신으로 성격을 창조하여 그와 대조시킨 의도도 이런 각도에서 생각해보면 쉽사리 수긍이 간다. 그러나 종국에 가서 맥베스 부인이 정신착란을 일으켜 자살하는 장면은, 셰익스피어가 악을 하나의 추상적인 개념으로 다루지 않고 살아 있는 인간 속에 구상화시키려 했던 노력을 엿볼 수 있다. 마녀 장면으로써 어두운 인간악의 상황을 강조한다든지, 극적 아이러니를 사용함으로써 극적 긴장감을 높이는 방법은 놀라운 수법이라 아니할 수 없다. 셰익스피어의 다른 어떤 작품보다도 〈맥베스〉는 대조의 체계적 방법을 극에 도입해서 큰 성과를 거두고 있는데, 이는 죽음과 생의 끊임없는 갈등을 주제로 삼고 있는 이 작품을 성공시킨 요인이기도 하다.

〈맥베스〉는 초자연적 환상의 의미 표출을 위한 극작술이 탁월한 작품일 수 있다. 마녀들과 밴쿠오의 망령 등이 등장해서 극 전개의 결정적 역할과 가능을 다하고 있는 장면은, 희곡에 있어서 초자연적인 요소가 어떤 극적 분위기를 조성하며 극적 행동의 동인이 될 수 있는가 하는 문제에 정확한 해답을 준 경우라 할 수 있다.

플롯 시놉시스

제1막 : 황야에서 세 마녀가 나타난다. 그들은 맥베스 장군을 기다리고 있다. 덩컨 왕은 맥베스 장군의 승전보를 계속 듣고 있다. 마녀들이 기다리는 장소에 개선하는 맥베스 장군과 밴쿠오가 지나간다. 마녀가 나타나서 맥베스 장군에게 "글래미스의 영주님"이라고 부른다. 두 번째 마녀는 "코더의 영주님"이라고 부른다. 세 번째 마녀는 "미래의 국왕"이라고 부른다. 맥베스는 이 말에 깜짝 놀란다. 밴쿠오가 이들에게 예언을 부탁하니, "국왕은 될 수 없지만, 자손이 왕위에 오른다"고 예언한다.

왕궁에 도착한 두 장군을 국왕은 눈물을 흘리며 환영한다. 그 자리에서 국왕은 왕자 맬컴을 태자로 책봉한다고 선언 한다. 이 말을 듣고 맥베스는 마녀들의 예언을 의심한다. 그래서 비상수단을 강구한다.

맥베스 부인은 마녀를 만난 이야기를 전하는 맥베스의 편지를 읽는다. 맥베스 부인은 몹시 흥분한다. 그때 사자(使者)가 와서 국왕의 방문을 알린다. 부인은 악행을 저지를 만한 용기가 없는 남편 대신 그녀 스스로의 결단력으로 대망을 실행할 결심을 한다.

맥베스의 성에 국왕 덩컨, 왕자 맬컴, 도널베인, 밴쿠오 등이 도착한다.

맥베스는 왕의 신임을 받고 있기 때문에 왕을 살해하는 일에 양심의 가책을 느끼며 주저한다. 이를 눈치 챈 맥베스 부인은 남편의 우유부단함을 심하게 면박한다. 맥베스는 결국 국왕 살해를 결심한다. 이들은 왕의 종신들을 취하게 한 후 왕을 살해해서 그 죄를 종신들에게 뒤집어 씌울 계획을 짠다.

제2막 : 맥베스의 거대한 성의 안뜰. 한밤중, 밴쿠오는 우연히 맥베스를 만나면서 마녀의 예언을 상기하지만 그 이야기는 서로 피한다. 밴쿠오가 간 후, 맥베스는 공중에 단검이 걸려 있는 것을 본다. 그 단검에는 피가 묻어 있다. 맥베스는 그 단검이 자신의 행동을 암시하고 있다고 생각한다. 맥베스는 결국 왕을 살해한다. 그러나 그 죄악 때문에 맥베스는 미칠 지경이다. 하지만 맥베스 부인은 오히려 냉정하다. 맥베스가 자고 있는 종신에게 쥐여줄 단검을 부인이 직접 가져간다. 그 때문을 심하게 두드리는 소리가 들린다. 이 장면에서 맥더프와 레녹스가 등장한다. 맥베스는 맥더프를 왕의 침실로 안내한다. 그리고 왕의 암살이 발견되어 대소동으로 이어진다. 맥베스는 종신 둘을 살해하고 암살자는 종신들이라고 말한다. 맥베스 부인은 실신하고, 왕자 맬컴과 도널베인은 신변의 위험을 느껴 전자는 영국으로, 후자는 아일랜드로 망명하려고 결심한다.

성 바깥. 한 노인이 귀족 로스와 국왕 암살 전후에 일어난 천지 이변에 관해서 이야기하는 자리에 맥더프가 나타나 도망간 두 왕자가 암살의 혐의를 받고 있다는 것, 왕위는 맥베스가 계승하고 스쿤에서 즉위식이 거행된다는 소식을 전한다.

제3막 : 포레스 왕궁. 밴쿠오는 마녀의 예언이 실현된 것을 보고, 그 자신의 예언도 성취된다고 믿고 있지만, 한편 맥베스도 밴쿠오에 대한 예언에 신경을 쓴다. 그래서 그는 밴쿠오 부자를 죽이려고 이들을 만찬에 초대하면 자객이 성 바깥에서 그들을 암살하도록 계략을 세운다.

왕궁. 왕위에 올랐지만 맥베스는 마음의 안식을 얻을 수 없다. 부인은 그의 허약한 마음을 질책한다. 왕궁의 앞뜰. 자객이 매복하고 있는 곳에 밴쿠오와 그의 아들 플리언스가 말을 타고 온다. 자객이 밴쿠오를 죽이는 순간, 플리언스는 도망친다. 왕궁 내의 홀. 맥베스를 둘러싸고 향연이 벌어지고 있다. 맥베스의 인사가 끝나갈 무렵, 자객이 그에게 와서 밴쿠오는 죽였지만 아들 플리언스를 놓쳤다고 보고한다. 맥베스는 마음의 안정을 잃고 제정신이 아니다. 그는 자신의 좌석에 밴쿠오의 망령이 앉아 있는 것을 보고 당황해서 광기가 발작한 다. 좌석에 앉은 일행들은 모두 어리둥절하여 놀라고 있다. 망령은 맥베스에게만 보인다.

황야. 천둥번개가 치는 가운데 마법의 여신 헤카테가 세 마녀를 만나 그녀를 제쳐놓고 맥베스에게 예언한 것을 질책한다. 헤카테는 환영을 보여주면서 맥베스를 파멸시키려고 한다.

왕궁. 레녹스와 던컨 왕의 암살, 밴쿠오의 횡사, 그리고 그 배후자는 맥베스라는 말이 돌고 있다. 왕자 맬컴과 도널베인은 그곳으로 피신해온 맥더프와 계략을 세워 영국 왕 에드워드의 힘을 빌리고 노섬벌랜드 후작의 원조를 얻어 부왕의 복수전을 치르기 위해 스코틀랜드 침공을 준비한다.

제4막 : 황야. 동굴 속, 헤카테와 세 마녀들을 만나러 맥베스가 온다. 그는 이들에게 자신의 운명을 묻고자 한다. 마녀의 예언이 시작된다. "맥베스여, 맥더프를 경계하라." "여자의 몸에서 태어난 자로서 맥베스를 해칠

자는 아무도 없다." "버남의 대삼림이 던시네인의 높은 언덕까지 쳐들어 오지 않는 한 맥베스는 패하지 않는다." 맥베스는 자신의 지위가 안전하다는 말에 위안을 느끼고 기뻐한다. 그러나 밴쿠오의 자손이 왕위에 오르느냐는 질문에 마녀의 예언 속에 밴쿠오의 망령이 나타난다. 맥베스는 그 뜻을 이해하고 격노한다. 마녀들은 사라진다.

이때 레녹스가 와서 맥더프가 영국으로 도주했다고 보고 한다. 맥베스는 맥더프의 성을 습격해서 그곳에 남아 있던 맥더프의 처자들을 살해할 결심을 한다. 이윽고 자객을 보내 맥더프의 아내와 아들을 살해한다.

영국. 왕궁 앞. 맬컴이 맥더프를 만나서 그가 믿을 만한 사람인가를 시험하고 있다. 그곳에 로스가 와서 맥더프 부인과 아들이 살해된 것을 전한다. 맥더프는 복수심에 불탄다. 일만 대군이 시워드 장군의 지휘 하에 스코틀랜드를 향해 진군한다.

제5막 : 던시네인성. 맥베스 부인은 몽유병자처럼 밤에 돌아다니고 있다. 그녀는 끊임없이 두 손을 비빈다. 핏자국을 없애려는 시도다. 던시네인성 부근. 레녹스와 멘티드 등이 영국군의 지원을 받아 진군을 계속하고 있다. 부인의 정신착란, 배반자들의 속출, 적군의 습격 등으로 맥베스는 반광란에 빠져 있다. 그는 거의 절망 상태다. 다만 맬컴이 여자의 몸에서 태어났다는 것, 버남의 숲이 움직이지 않는다는 것 등이 위안이 되고 있다.

버남의 숲 근처. 맬컴과 영국의 시워드 장군이 적병들을 혼란시키려는 작전으로 자신의 병사들에게 나뭇가지를 들고 진군할 것을 명한다. 던시네 성내. 맥베스에게 부인의 죽음이 전달된다. 그때, 버남의 숲이 움직이며 오고 있다고 전해진다. 맥베스는 최후가 임박한 것을 느낀다. 맥베스의 성이 함락된다. 맥더프는 맥베스를 만난다. 맥베스는 여자의 몸에서 난 아이는 무섭지 않다고 말한다. 맥더프는 자신은 어머니의 배를 가르고 나왔다고 말한다. 맥베스는 맥더프의 칼에 쓰러진다. 맬컴이 왕위에 오른다. 사람들은 스코틀랜드 만세를 부른다.

3. 셰익스피어를 어떻게 읽을 것인가?

1) 무대적 상황을 상상할 수 있어야 한다

셰익스피어를 쉽게 읽어내기 힘든 이유는, 셰익스피어와 현대인들 사이에 언어 · 사상 · 관습 그리고 연극적 인습의 차이가 있기 때문이다. 이 문제는 독자들이 노력만 하면 쉽게 극복할 수 있다. 작품에 붙은 주해나 해설 자료들, 그리고 방대한 양의 셰익스피어 연구서들은 이해의 장벽을 무너뜨리는 길잡이가 된다. 그의 비극작품을 이해하는 데 도움이 될 만한 참고서를 두 권만 들라고 한다면 나는 서슴지 않고 브래들리(A.C. Bradley)의 『셰익스피어 비극론(*Shakespearean Tragedy*)』(London, 1904)과 얀 코트의 『셰익스피어는 우리들의 동시대인(*Shakespeare Our Contemporary*)』(London, 1965)을 권하고 싶다.

우리는 셰익스피어의 작품을 읽을 때 작품의 다층적 구조 속에 잠재해 있는 의미의 다의성을 여러 각도로 해명해보도록 노력해야 한다. 그의 작품의 의미를 해명해주는 열쇠는 하나가 아니라 여러 개가 된다. 완전한 의미는 존재하지 않을지도 모른다. 그러나 한 가지 분명한 것은 작품을 감상하는 한 사람 한 사람이 자신의 열쇠 하나씩을 지니고 있어야 한다는 것이다. 그 열쇠를 들고 해명할 수 있는 신비의 문을 열어야 한다. 예컨대 〈햄릿〉 속에는 왕자 햄릿만 있는 것이 아니다. 음모가요 정략가며 왕권의 찬탈자이면서 형수를 차지한 클로디어스가 있고 햄릿의 어머니인 불행한 거트루드의 파탄에 빠진 정절이 있다.

햄릿의 명상적이며 염세적인 독백이 있는가 하면 복수를 맹세하는 잔혹한 언동이 있다. 오필리어의 이루지 못한 사랑과 죽음의 슬픔이 있고, 로젠크랜츠와 길든스턴의 계략과 배신이 있다. 호레이쇼의 충절과 우정이 있는가 하면 노회한 마키아벨리스트인 재상 폴로니어스가 있으며, 햄릿과 결투를 감행하는 그의 아들 레어티즈가 있다. 이토록 작중인물의 성격만 보아도 〈햄릿〉은 복잡한 작품임을 알 수 있다.

셰익스피어를 제대로 읽는 사람은 그가 발견한 극적 진실에 대하여 풍부한 상상력을 통해 민감하게 반응하고, 극적 상황 자체를 자신의 체험인 것처럼 받아들인다. 셰익스피어를 제대로 읽는 사람은, 희곡의 감상을 뛰어넘어 무대적 체험을 완성하는 관객의 입장을 받아들인다. 셰익스피어 시대의 희곡작품은 무대 형상화를 위한 텍스트에 불과했다. 그것은 한 편의 시나리오요 대본인 것이다. 연출가와 배우는 그 대본에 연극적 생명력을 불어넣는다. 셰익스피어를 제대로 읽는 사람은 눈으로 활자만을 읽지 않는다. 마음으로 무대를 그리면서 읽는다. 그는 연출가로서, 배우로서, 무대 미술가로서 — 이 모든 역할을 함께 지닌 사람으로서 작품을 읽는다.

희곡작품은 소설과 시와는 다르다. 희곡에는 활자화된 대본에 대한 우리들의 반응과는 전혀 다른 비언어적 표현 양상이 있다. 셰익스피어의 희곡작품을 읽었을 때에는 불분명하게 인식되던 사실들이 무대 속에서는 명백하게 전달되는 경우가 허다하다. 그래서 우리는 셰익스피어의 작품을 읽을 때 특히 무대 지시문에 주목할 필요가 있다. 상상력을 동원해서 치밀하게 읽으면, 우리는 희곡 속에 숨어 있는 공연적 자료로서의 대본을 발견하게 된다. 이 대본은 작품의 의미에 관해서 많은 것을 암시해주고 있다. 예컨대 〈리어 왕〉 제3막 7장의 글로스터의 고문 장면에서 육체적 상황의 지시라든지, 광증에서 차차 정상적 의식을 회복하는 리어 왕이 코델리아를 보고 "눈물을 흘리고 있느냐? 그렇군, 눈물이로군. 제발 울지 마라"(제4막 7장) 등에서의 제스처와 스테이지 액션의 암시 등은 생동감 넘치는 사실적 표현이라 할 수 있다. 뿐만 아니라 이 부분은 리어 왕과 그의 딸 코델리아와의 관계를 새로 정립하는 부분이어서 작품의 주제적 의미와 밀접한 연관을 맺고 있다.

〈코리올레이너스〉나 〈줄리어스 시저〉 〈로미오와 줄리엣〉 〈맥베스〉 〈햄릿〉 등의 개막 장면의 무대적 상황은 한결같이 작품의 주제를 상징적으로 암시하고 있다. 그것은 읽지 않아도 눈으로 보면 즉시 어떤 메시지가 전달되는 시각적 효과를 만들어내고 있다. 〈햄릿〉(제4막 7장)에서 레어티즈가 익사한 오필리어를 보고 "가엾은 오필리어. 물은 그만하면 충분할 테니, 나는 더 이상 눈물은 흘리지 않겠다"고 하는 대사에서 우리는 레어티즈가 울지 않으려고 애를 쓰면서도 눈물이 복받쳐 오르는 광경을 상상하게 된다.

이토록 셰익스피어의 텍스트는 제스처, 동작, 배우들의 연기적 앙상블 등에 관한 무궁무진한 지시와 암시로 가득 차 있다. 그것을 읽을 수 있느냐 없느냐 하는 것은 작품 감상에 큰 차이를 만들어준다. 대사 속에 있는 대명사, 부사 등도 분석해보면 대소도구의 실제적 사물과 동작과 무대 공간과 긴밀한 연관이 있음을 알 수 있다. 〈햄릿〉에서 폴로니어스가 클로디어스 왕에게 햄릿 왕자와 오필리어의 사랑 관계를 알려줄 때 그는 그의 말을 강조하는 제스처를 하게 된다. "만일 제 말에 어긋남이 있다면, 이것과 이것을 분리시켜주십시오."(제2막 2장)라고 말하는데, 우리가 '이것' 이 지시하는 명사를 알지 못하면 이 대사를 전혀 이해할 수 없게 된다. 이때 제스처는 머리와 어깨를 가리키는 것이다. 즉 "제 어깨로부터 머리를 잘라내십시오" 라는 뜻이 된다.

셰익스피어의 작품 속에서 사용되고 있는 소품도 아주 중요한 연극적 기능을 수행하고 있다. 그 한 가지 예가 〈오셀로〉에 나오는 데스데모나의 '손수건' 이다. 이 '손수건' 하나 때문에 오셀로 장군의 파멸이 발생했기 때문이다. 무대의상도 마찬가지다. 셰익스피어 시대에도, 무대미술에 있어서 장치는 허술하고 간혹 생략될 수도 있다 하더라도 의상만은 완벽하게 갖추었다. 의상은 무대의 선이요 색채요 작중인물의 성격이었다. 의상에 의해서 작중인물의 역할이 관객에게 전달되었다. 더욱이 엘리자베스 시대에 의상은 동족과 사회계층과 직업의 표상이 되었다. 〈로미오와 줄리엣〉에서 캐퓰리트 집안과 몬태규 집안을 시각적으로 구분 짓는 유일한 방법은 의상이었다. 특히 무대에서 서로 대립하고 갈등하는 집단들의 반목과 증오를 보여주는 방법이 의상이었다. 〈템페스트〉의 제2막 1장에서 "에리얼이 눈에 보이지 않게 등장한다" 라는 지문이 있다. 제3막 3장에서 프로스페로도 '눈에 보이지 않게' 등장한다는 지문이 있다. 그러나 이 두 인물은, 관객에게는 그 모습이 보여야 한다. 무대 위의 등장인물에게만 보이지 않을 뿐이다. 이들의 의상을 다른 등장인물과 어떻게 구분 짓고, 그 '보이지 않는' 특징을 관객들에게 어떻게 전달하느냐 하는 문제는 연출자의 중요한 과제라 하지 않을 수 없다. 독자들은 그 의상을 상상할 수 있어야 한다. 〈한여름 밤의 꿈〉에 등장하는 퍽도 오베론의 명령을 수행하기 위해서 스스로의 모습을 숨기고 다녀야 한다.

〈햄릿〉의 망령이나 〈맥베스〉의 마녀들에게 어떤 의상을 입혀서 이들의 초자연적 특성을 표출하느냐 하는 문제에 대해서도 독자들은 텍스트를 읽으면서 상상해볼 수 있어야 한다. 셰익스피어의 작품에서 전투 장면이 벌어질 때면, 이상하게도 화려하게 잘 입은 군대 쪽이 한결같이 패배하게 된다. 역사극의 무대에서는 이 문제도 소홀히 넘길 수 없는 디테일이다. 이 같은 디테일을 낱낱이 살펴 건져올리고 음미하면서 작품을 읽는다는 것은 여간 흥미로운 일이 아니며, 이 일은 작품 감상에 큰 도움을 준다. 〈리어 왕〉에서 의상의 이미저리는 실상과 허상의 주제적 의미를 부각시키고 있기 때문에 중요하며, 〈맥베스〉에서도 의상의 이미저리는 작중 인물의 심리적 상태와 성격의 특징을 표현하는 일에 사용되고 있다.

셰익스피어 극에서는 음향이나 음악도 중요한 기능을 다하고 있다. 〈줄리어스 시저〉에서 시저를 환호하는 군중들의 함성은 시저의 정치적 야심의 간접적 표현이 되고 있다. 〈리어 왕〉의 폭풍 장면에서 자연의 폭풍은 리어 왕의 마음속에 일고 있는 분노의 격정을 나타내고 있다. 천둥·번개·바람 등이 불러일으키는 소리는 곧 인간 내면의 소리가 된다. 그 소리는 모두 연극화된 소리다. 소리는 또한 시간의 흐름을 나타내는 일에도 사용되고 있다. 엘리자베스 시대의 극장은 일부 야외극장의 형태인데, 공연은 오후 시간에 진행되었다. 해가 뜨겁게 내리쬐는 한낮에도 〈로미오와 줄리엣〉의 낭만적인 달밤의 장면을 보여주지 않으면 안 된다.

밤이 새벽이 되는 시간의 흐름을 또한 나타내 주지 않으면 안 된다. 이때 새소리 등을 포함해서 시간의 경과를 알리는 청각적 이미저리를 사용하게 된다. 셰익스피어의 텍스트에는 지문과 대사를 통해 이 일이 가능하도록 만들어주는 언어가 있다. 그 언어의 무대적 기능을 모르고 넘어갈 때 우리는 셰익스피어를 제대로 읽었다고 할 수 없다. 물론 당대 셰익스피어의 무대에서는 시간의 경과나 낮과 밤의 차이를 알리기 위해 소리 이외에도 횃불, 촛불이나 등잔불의 도구를 사용하기도 했다. 종소리의 사용도 효과적이었다. 〈햄릿〉 제1막 1장에서 한밤중을 알리는 종소리가 들리는 것도 그 한 예라 할 수 있다. 지문에 '닭 울음소리 들려온다'는 것이 있다. 이는 닭이 새벽을 알리면서 망령이 퇴장하는 시간을 암시해주고 있다.

2) 셰익스피어 시대의 무대적 인습을 알아야 한다

연극은 무대와 관객 사이의 약속으로 진행된다. 무대와 관객은 픽션을 상상적 진실로 수락하는 일에 서로 동의하고 있다. 엘리자베스 시대의 무대적 인습은 그 원리에 있어서 현대연극의 무대와 다를 바 없다. 인습은 무대 형상화 방법에서 생겨났다. 왜냐하면 무대적 방법이란 어떤 한계상황에 직면하지 않으면 안 되기 때문이다. 전기가 발명되기 이전에 무대에서 표현된 밤의 시간도 그것은 양쪽의 약속을 전제로 한 것이었다.

엘리자베스 시대의 무대에서 지적될 수 있는 첫번째 중요한 인습은 여자 역할을 소년 배우가 담당한다는 것이었다. 그런 까닭에 셰익스피어는 현대연극의 경우와는 달리, 여자 역할의 연기적 범위를 축소하는 착상을 하게 되었다. 외관상의 매력을 제시하기보다는 될수록 언어의 힘에 의존

해서 여성스러움을 표현한다든지, 또는 육체적 사랑의 행위 등의 장면을 될수록 축소하거나 제외하였다. 따라서 셰익스피어 작품에 있어서 여성의 성격은 남성보다도 더 지혜롭고 활기차고 침착하게 묘사되고 있다.

셰익스피어는 여성의 성격에 미모와 여성적 매력 이외에 또 다른 특성을 부여하여 그 인물의 호소력을 강화시키고 있다. 이 점에서 셰익스피어 희극의 특성으로 지적되고 있는, 변장을 통한 인물의 전환, 성의 전환을 음미해볼 수 있고, 그 연기적 용이성도 긍정할 수 있다.

두 번째 중요한 인습은 독백과 방백의 인습이다. 이 방법을 통해 작중인물은 인물들 상호 간의 대화를 통하지 않고서도 관객에게 직접 말을 할 수 있게 되었다. 엘리자베스 시대에 유행한 이 같은 방법은 메시지 전달방법이 대화의 구속으로부터 벗어나는 형식인데, 미국의 작가 유진 오닐도 양심과 죄의식의 내면적 목소리를 관객에게 전달하는 방법으로 독백과 방백을 그의 극작술에 대폭 도입하고 있다. 셰익스피어 시대의 에이프런 무대(apron stage) 구조는 이 기법의 사용을 더욱 효과적으로 만들었을 것이라고 짐작된다.

독백은 셰익스피어의 악역들이 즐겨 사용하는 방법이다. 〈오셀로〉에서의 이아고의 독백은 그 대표적 경우라 할 수 있다. 〈햄릿〉에서도 햄릿 왕자의 독백장면은 그가 클로디어스와 대결하는 증오심이 최고조에 도달하는 장면인데, 평상시 대사를 통해 제시되는 햄릿의 모습과는 다른 성격적 측면을 보여준다. 또한 햄릿의 독백은 무대적 상황의 진행과도 밀접하게 연관되고 있다는 것을 알아야 한다. 그 순간 그 장면은 독백 이외에 다른 방법이 없거나, 독백에 의하지 않고는 극적 분위기가 고조되지도 않을뿐더러 다음 장면으로의 전환과 발전의 필연성도 생기지 않는 경우이다.

방백은 진실을 토로하는 기능을 지니고 있다. 방백은, 작중 인물이 관객의 이해와 협조를 요청하면서 관객을 극 속으로 끌어들이는 기술인데, 가령 〈리어 왕〉 제1막 1장에서 코델리아가 하는 방백 "코델리아는 뭐라고 말해야 좋담?"이라든지 "다음은 가엾은 코델리아 차례로군!……" 등은 코델리아의 내면적 목소리의 전달인데, 이같이 억제되어 외부로 발설되지 못한 마음이 일단 관객들에게만은 전달되어야 코델리아와 고네릴, 리건 세 자매의 성격적 차이가 확실해질뿐더러 다음으로 이어지는 "아무 할 말이 없습니다" 그리고 계속 이어지는 "없습니다"의 진의가 관객에게 쉽게 전달될 수 있다. 코델리아는 어떤 행위에 대한 비판적 언어 행위로써 방백의 방법을 효과적으로 사용하고 있다. 방백은 언제나 갑자기 튀어나오기 때문에, 앞뒤가 뒤엉키는 플롯상의 불일치와 부조화가 발생되지만, 극작가의 대담한 표현의 자유를 보장해주는 극작술상의 기교가 되면서 동시에 불필요한 설명적 대사를 제거할 수 있는 이점 때문에 셰익스피어는 이 방법을 그의 작품 속에서 즐겨 사용하고 있다. 〈햄릿〉에서의 방백의 사용은 돌연히 시작됨으로써 극적 흐름의 조화가 깨어지지만, 이 때문에 오히려 작중 인물의 마음 상태가 강렬하게 제시되고 표현되고 있어서 강렬한 연극적 효과가 달성된다. 클로디어스의 돌연한 기도장면은 클로디어스의 악행이 극명하게 표현되고 있는 장면이다. 그리고 양심의 아픔과 쓰라림이 고백적으로 전달되는 장면이기도 하다.

　오필리어와 햄릿이 밀회하는 장면을 숨어서 지켜보고 있는 클로디어스가 폴로니어스의 말을 듣고, "아, 참으로 옳은 말이로다. 그 말이 채찍처럼 내 양심을 치는구나"고 방백을 통해 말한다. 이 같은 고백적 방백은 클로디어스가 극중극 장면 이전에 보여주기 때문에 극의 구조상 유익하다고 할 수 있다. 방백은, 악역들에게는 그들의 죄를 관객에게 전달하면서 스스로 변명을 늘어놓을 수 있는 편리한 방법이다. 그러나 셰익스피어는, 그러면서도 악역들이 죄의식 때문에 번민하고 고뇌하는 모습을 관객들에게 전달하는 것을 잊지 않았다. 그래서 방백은 비평적 아이러니의 기능이 되기도 한다.

셰익스피어의 여주인공들은 너무나 순결하고 아름답다. 오셀로의 질투심은 데스데모나의 부정(不貞) 때문이 아니라는 대전제가 비극 〈오셀로〉의 감상에는 필수적이다. 그러기 위해서 데스데모나는 더욱 순결하게, 그리고 아름답게 묘사되어야 한다. 데스데모나는 실제로 도덕적으로 타락한 여성이 아니다. 오셀로가 이아고의 간계에 빠져, 부질없는 질투심으로 데스데모나의 순결을 믿지 못하고 있을 뿐이다. 그래서 비극인 것이다.

〈햄릿〉의 오필리어를 보자. 그녀 역시 순결하고 단순하고 아름답다. 셰익스피어는 오필리어를 정치적 음모나 도덕적 타락의 구렁텅이에 빠지지 않도록 그녀를 보호하고 있는 듯하다. 그녀를 이토록 순진하고 결백한 여인으로 표현하면 할수록 폴로니어스, 클로디어스 그리고 거트루드 등의 도덕적 타락은 대조적으로 강조된다. 오필리어의 죽음에 대한 거트루드의 대사는 오필리어의 아름다움을 찬양하는 한 편의 시(詩)가 된다. 이와 같이 셰익스피어의 작품에 등장하는 여주인공들의 아름다운 인간상이, 직접적인 행위가 아닌 간접적이며 객관적인 언어 묘사를 통해 표현된다는 사실은 엘리자베스조 시대의 연극적 인습을 이해할 때 충분히 납득되고 수긍되리라 생각된다.

이태주

연도	윌리엄 셰익스피어	시대 배경
1564 (0세)	4월 23일 출생. 4월 26일, 존과 메리의 장남으로서 세례 받음.	C. 말로 탄생. 갈릴레오 탄생. 미켈란젤로 사망.
1565 (1세)	7월 4일 존, 스트랫퍼드 시참사위원(alderman)으로 피선(被選). 9월 12일 임명.	『지혜의 보고』의 저자 프랜시스 미아즈 탄생.
1566 (2세)	10월 13일, 존과 메리의 차남 길버트 세례.	해군대신극단 대표배우 에드워드 아렌 탄생.
1568 (4세)	9월 4일 존, 스트랫퍼드 시장(bailiff)에 선출됨.	메리 스튜어트 폐위. 영국에서 유폐됨.
1569 (5세)	4월 15일, 존과 메리의 다섯 번째 아이 조앤(Joan) 세례.	여왕극단, 우스터백작극단 스트랫퍼드에서 공연.
1571 (7세)	이즈음 윌리엄은 문법학교 킹즈 뉴 칼리지에 입학. 9월 28일 4녀 앤 세례 받음.	윌리엄 세실 경, 벌리 경이 됨.
1574 (10세)	3월 11일, 존과 메리의 일곱째 아이 리처드 세례. 전염병으로 런던 공연 금지.	5월 10일 레스터경극단이 왕실의 후원을 받음.
1575 (11세)	존, 스트랫퍼드에 정원과 과수원이 있는 두 채의 집을 40파운드로 구입. 윌리엄은 아마도 케닐워스의 축제를 봤을 것이다. 〈한여름 밤의 꿈〉에 반영되어 있다.	7월, 엘리자베스 여왕, 케닐워스 성 방문.
1576 (12세)	존, 문장(紋章) 허가 신청. 이때부터 존은 마을 의회 결석이 잦음. 군비 의연금도 미납.	제임스 버비지의 상설극장 '시어터(The Theatre)'가 쇼어디치에 건립됨.
1577 (13세)	존, 이때부터 재정적 어려움 때문에 공식회의 불참.	커튼극장 건립. 홀린셰드, 『연대기』 초판 발행.
1578 (14세)	11월 14일, 존은 부인의 유산 일부인 윌름코트의 집과 토지를 담보로 의형 에드먼드 란바트의 돈 40파운드 차입.	8월 24일, 존 스톡우드가 설교 중에 극장 비난.

연도	윌리엄 셰익스피어	시대 배경
1579 (15세)	4월 4일, 4녀 앤 매장. 존, 스니타필드의 토지를 4파운드에 매각.	노스 역 『플루타르크영웅전』 출판. 존 플레처 탄생.
1580 (16세)	5월 3일, 4남(여덟 번째 아이) 에드먼드 세례. 존, 치안유지법 위반으로 20파운드의 벌금 지불.	『영국연대기』 출판.
1581 (17세)	8월 3일, 랭커셔에 사는 알렉산더 호턴의 유언장에 '배우 윌리엄 셰익스피어'에게 연금 2파운드를 남긴다는 기록이 있음. 윌리엄의 이름이 최초로 문서에 기록.	10월, 6세의 헨리 리즐리가 3대째의 사우샘프턴 백작이 됨.
1582 (18세)	11월 27일, 윌리엄, 8세 연상의 앤 해서웨이와 결혼.	버클레이경극단, 스트랫퍼드에서 공연. 에든버러대학 창립
1583 (19세)	5월 26일, 윌리엄과 앤의 장녀 수재나 세례.	옥스퍼드백작극단, 우스터백작극단 등이 스트랫퍼드에서 공연.
1585 (21세)	2월 2일, 쌍둥이 햄닛과 주디스 세례.	제임스 버비지, 커튼극장의 경영권 장악.
1586 (22세)	9월 6일, 존, 시위원에서 해임. 윌리엄, 런던행(?).	여왕극단, 레스터백작극단이 스트랫퍼드에서 공연.
1587 (23세)	6월 13일에 발생한 상해 사건으로 결원을 채우기 위해 윌리엄이 여왕극단에 가입한 가능성 있음.	헨슬로, 로즈극장 건립. 홀린셰드, 『연대기』 제2판 간행.
1588 (24세)	윌름코트 토지가옥 변제를 청구하면서 윌리엄이 란바트에 소송 제기.	레스터 백작 사망. 영국 해군, 스페인 무적함대 격파. 리처드 탈턴 매장(9월 3일).
1589 (25세)	윌리엄, 스트랑경극단과 해군대신극단이 합병해서 만든 극단에 관계함.	로버트 그린의 『Menaphon』에 쓴 토머스 내시의 서문에 〈원햄릿(Ur-Hamlet)〉이 언급됨.
1592 (28세)	윌리엄 그린의 책 『문(文)의지혜』(9월 20일 출판등록)에서 윌리엄을 비난하는 문구 '벼락출세한 까마귀(upstartcrow)' 발견.	6월, 극장 폐쇄. 9월 3일 그린 사망. 에드워드 알레인, 헨슬로의 양녀와 결혼해서 헨슬로와 동업자가 됨.

연도	윌리엄 셰익스피어	시대 배경
1593 (29세)	사우샘프턴 백작에게 〈비너스와 아도니스〉 헌정. 출판등록 4월 18일. 같은 해에 4절판으로 등록. 〈타이터스 앤드로니커스〉 집필. 〈말괄량이 길들이기〉 집필. 〈루크리스의 능욕〉 집필.	극작가 크리스토퍼 말로 살해당함(5월 30일). 전염병으로 윌리엄이 소속된 펜브루크백작극단이 어려움을 겪음.
1594 (30세)	윌리엄, 궁내대신소속극단에 단원으로 참가. 〈타이터스 앤드로니커스〉 출판 등록(2월 6일). 동년에 양(良)사절판으로 출판. 로즈극장에서 공연(1월 23일). 〈헨리 6세 2부〉 출판 등록(3월 12일). 동년에 악(惡)사절판 출판. 〈루크리스의 능욕〉 출판 등록(5월 9일). 동년 양사절판으로 출판. 〈실수 연발〉 그레이 법학원에서 공연(12월 28일). 〈베로나의 두 신사〉 집필. 〈사랑의 헛수고〉 집필. 〈로미오와 줄리엣〉 집필. 〈말괄량이 길들이기〉 공연(6월 13일).	1592년부터 이래로 폐쇄되었던 정규공연이 6월에 시작됨. 스트랫퍼드 대화재(9월 22일). 헨리 거리의 셰익스피어의 가옥도 피해를 입음. 펜브루크백작극단 해체(12월 28일). 6월 7일에 유대인 의사 로더리고 로페즈가 여왕 암살 용의로 처형됨.
1595 (31세)	3월 15일에 전년 12월의 어전공연에 대한 지불 명부에 20파운드의 액수와 간부단원 윌리엄의 이름이 기록됨.	9월, 스트랫퍼드 화재. 〈리처드 2세〉 또는 〈리처드 3세〉 공연(12월 9일). 프랜시스 랭글리, 펜브루크백작극단의 본거지인 스완극장 건립.
1596 (32세)	8월 11일, 장남 햄닛 매장(11세). 10월 20일에 존, 문장 사용 허가받음. 윌리엄, 비숍게이트의 세인트헬렌에 거주(10월).	스완극장에서 네덜란드의 관광객 한니스 드 위트가 관객을 3천 명으로 추산. 2월 4일에 제임스 버비지가 블랙프라이어즈극장을 600파운드로 구입.
1597 (33세)	5월 4일에 윌리엄, 스트랫퍼드에서 가장 아름답고 두 번째로 큰 '뉴 플레이스' 저택을 60파운드에 구입. 〈윈저의 즐거운 아낙네들〉 공연(4.22~23). 〈리처드 2세〉 출판등록(8.29), 동년 양사절판 출판. 〈리처드 3세〉 출판 등록(10.20), 동년 양과 악의 중간사절판 출판. 〈헨리 4세 1부, 2부〉 집필(1597~1598). 〈사랑의 헛수고〉 공연.	2월 2일 제임스 버비지 매장.

연도	윌리엄 셰익스피어	시대 배경
1598 (34세)	〈헨리 4세 1부〉 출판 등록(2.25). 출판. 〈베니스의 상인〉 출판 등록(7.22). 윌리엄, 벤 존슨의 〈각인각색〉에 출연(9.20 이전). 〈사랑의 헛수고〉 양사절판 출판(12월). 〈헛소동〉 집필(1598~1599). 〈헨리 5세〉 집필(1598~1599)	재상 윌리엄 세실 사망. 프랜시스 미어스의 수기 『지식의 보고』 출판(9.7). 이 책에는 윌리엄에 관한 여러 가지 언급이 있음.
1599 (35세)	2월 21일, 윌리엄, 주주의 한 사람으로서 글로브극장 건설 운영에 관한 계약서 작성. 세인트 헬렌에 보관된 세금 관계 서류에 윌리엄의 이름이 있음. 글로브극장 개장. 〈줄리어스 시저〉 집필. 글로브극장에서 공연(9.21). 〈로미오와 줄리엣〉 양사절판 출판. 〈당신이 좋으실 대로〉 집필(1599~1600). 〈십이야〉 집필(1599~ 1600).	시인 에드먼드 스펜서 사망. 풍자문학 금지(6.1). 에식스 백작의 아일랜드 원정 실패.
1600 (36세)	〈당신이 좋으실 대로〉 등록(8.4), 출판 보류. 〈헛소동〉 등록(8.4). 양사절판 출판(10월). 〈헨리 4세 2부〉 등록(8.23). 양사절판 출판. 〈헨리 5세〉 등록(8.23). 악사절판 출판. 〈한여름 밤의 꿈〉 등록(10.8). 템스강 남안(南岸) 크링크 지구 납세자 리스트에 13실링 4펜스 미납 기록.	동인도회사 설립. 헨슬로, 520파운드를 들여서 포춘극장 건립.
1601 (37세)	부친 존 사망. 9월 8일 매장. 궁내대신극단이 에식스 백작 일당의 요청에 의해 왕위 찬탈극 〈리처드 2세〉 글로브극장에서 공연(2.7). 〈십이야〉 궁전에서 공연(1.6). 〈햄릿〉 집필(1601~1602). 〈트로일로스와 크레시다〉 집필(1601~1602).	2월 8일, 에식스 백작, 런던에서 반란 일으키다 체포되어 사형됨(2.25). 사우샘프턴 사형 면함.
1602 (38세)	5월 1일 윌리엄, 스트랫퍼드에 107에이커의 토지를 320파운드로 구입. 윌리엄, 런던 크리플게이트에 하숙. 〈윈저의 즐거운 아낙네들〉 등록(1.18). 악사절판 출판. 〈햄릿〉 등록(7.26). 〈끝이 좋으면 다 좋다〉 집필(1602~1603).	

연도	윌리엄 셰익스피어	시대 배경
1603 (39세)	5월 19일, 궁내대신극단이 국왕극단이 되다 (5.19). 〈트로일로스와 크레시다〉 등록(2.7). 〈햄릿〉 악사절판 출판.	엘리자베스 여왕 사망(3.24). 튜더 왕조 끝남. 제임스 1세 즉위하여 스튜어트 왕조 출범. 3월 19일 전염병으로 극장 1년간 폐쇄.
1604 (40세)	〈오셀로〉 집필. 11월 1일 궁정에서 공연. 〈자에는 자로〉 집필(1604~1605). 12월 26일 궁전에서 공연. 〈햄릿〉 양사절판 출판. 〈윈저의 즐거운 아낙네들〉 궁정에서 공연(11.4).	4월 9일, 극장 개관. 제임스 1세 스페인과 화평 체결.
1605 (41세)	국왕극단이 〈헨리 5세〉를 궁정에서 공연(1.7). 국왕극단이 〈베니스의 상인〉을 궁정에서 공연(2.10). 〈리어 왕〉 집필(1605~1606).	11월 15일, 가이 포크스의 의사당 폭파 음모사건(화약음모사건) 발각. 레드불극장 개관.
1607 (43세)	6월 5일 장녀 수재나, 의사 존 홀과 결혼(6.5). 〈리어 왕〉 출판등록(11.26). 〈코리올레이너스〉 집필. 〈아테네의 타이몬〉 집필. 〈맥베스〉 아마도 햄프턴코트에서 덴마크 왕 크리스찬 4세 방문을 기념해서 공연(8.7). 〈햄릿〉 영국 함선 드래곤호 선상에서 공연. 12월 31일 윌리엄의 동생 배우 에드먼드 셰익스피어 매장(12.31).	7월~11월, 전염병으로 극장 폐쇄.
1608 (44세)	수재나의 장녀 엘리자베스 출생(2.8.세례). 모친 메리 사망(9.9. 매장). 〈안토니와 클레오파트라〉 등록(5.20). 〈리어 왕〉 양과 악의 중간판본 출판. 〈페리클레스〉 집필(1608~1609), 등록(5.20).	시인 존 밀턴 출생. 8월 9일, 국왕극단이 블랙프라이어즈 극장 임대권 매입.
1610 (46세)	윌리엄, 고향에 은퇴. 〈겨울 이야기〉 집필(1610~1611).	2월, 제임스 1세 의회 폐쇄.
1611 (47세)	〈심벨린〉 관극(4월 하순) 기록(점성가 사이먼 포맨). 〈겨울 이야기〉 글로브극장에서 공연(5.15). 〈템페스트〉 집필(1611~1612). 동년 궁정에서 공연(11.1).	흠정(欽定)영역성서 출판.
1612 (48세)	〈헨리 8세〉 집필(1612~3).	태자 헨리 사망.

연도	윌리엄 셰익스피어	시대 배경
1613 (49세)	2월 4일 동생 리처드 매장. 런던 블랙프라이어 즈 지구에 140파운드를 들여 게이트 하우스 (Gate-House) 구입.	〈헨리 8세〉 공연 중(6.29) 글로 브극장 소실. 곧 재건립 착수.
1614 (50세)	글로브극장 6월 준공(1400파운드 소요됨).	호프극장 건립.
1615 (51세)	〈리처드 2세〉(제5쿼토판) 출판(90월).	조지 채프먼이 호메로스의 『오 디세이』 완역.
1616 (52세)	1월 26일경, 윌리엄 유언장 작성. 차녀 주디스 가 토머스 퀴니와 결혼(2.10). 유언장 수정, 서 명(3.25). 4월 23일 윌리엄 셰익스피어 사망. 스 트랫퍼드 홀리 트리니티교회에 매장(4.25). 11 월 23일, 토머스와 주디스의 아들 셰익스피어 세례. 『루크레스의 능욕』 출판.	1월 6일 헨슬로 사망.
1623	8월 6일, 윌리엄의 아내 앤 사망(67세). 11월 8 일 윌리엄의 전집 첫 폴리오판이 셰익스피어의 동료배우들인 존 헤밍스와 헨리 콘델에 의해 출판.	

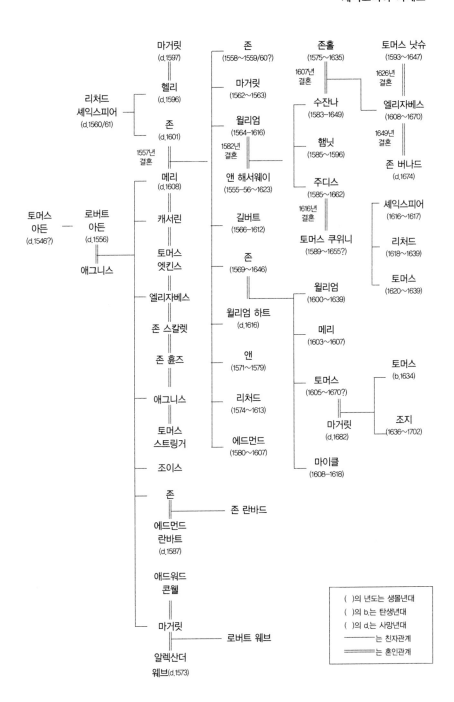

셰익스피어 가계도

장미전쟁 역사극의 가계도

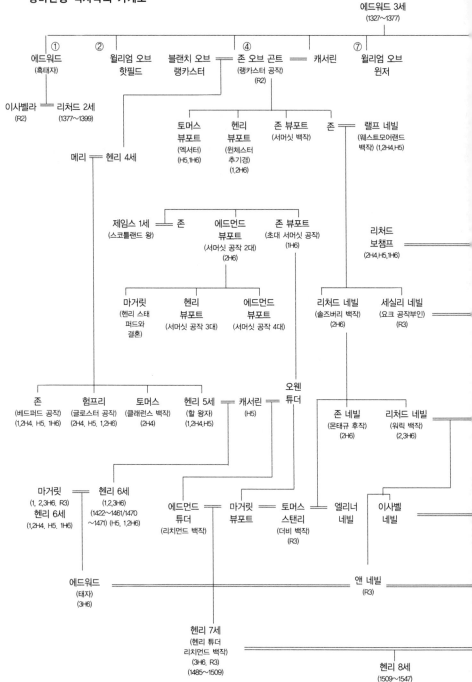

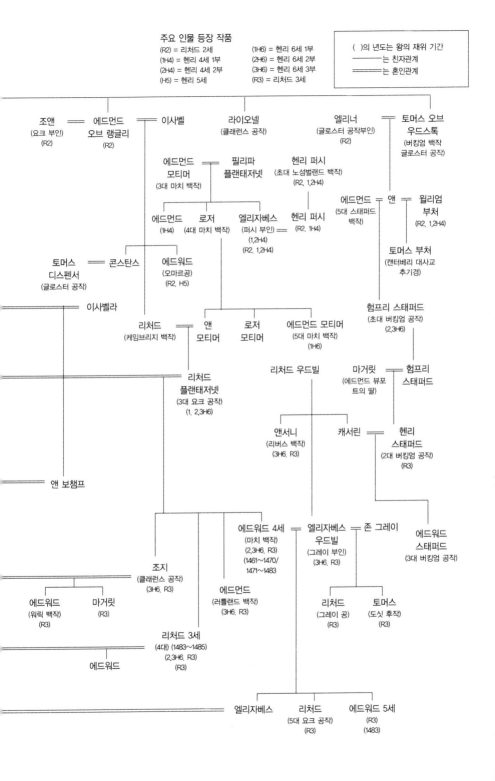

영국 왕가 족보 (1)

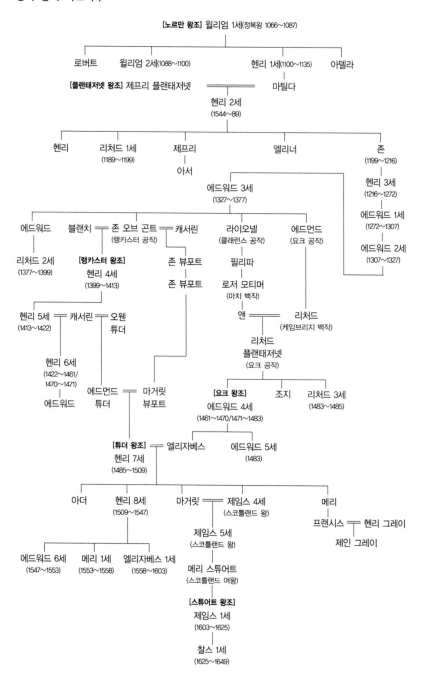

[노르만 왕조] 윌리엄 1세(정복왕 1066~1087)

로버트　윌리엄 2세(1088~1100)　헨리 1세(1100~1135)　아델라

[플랜태저넷 왕조] 제프리 플랜태저넷 ══ 마틸다

헨리 2세
(1544~89)

헨리　리처드 1세
(1189~1199)　제프리　엘리너　존
(1199~1216)

아서

에드워드 3세
(1327~1377)

헨리 3세
(1216~1272)

에드워드 1세
(1272~1307)

에드워드　블랜치 ══ 존 오브 곤트 ══ 캐서린　라이오넬
(랭카스터 공작)　(클래런스 공작)　에드먼드
(요크 공작)

에드워드 2세
(1307~1327)

리처드 2세
(1377~1399)

[랭카스터 왕조]
헨리 4세
(1399~1413)

존 뷰포트

필리파

존 뷰포트

로저 모티머
(마치 백작)

헨리 5세 ══ 캐서린 ══ 오웬
(1413~1422)　튜더

앤 ══ 리처드
(케임브리지 백작)

헨리 6세
(1422~1461/
1470~1471)

리처드
플랜태저넷
(요크 공작)

에드워드

에드먼드 ══ 마거릿
튜더　뷰포트

[요크 왕조]
에드워드 4세
(1461~1470/1471~1483)

조지　리처드 3세
(1483~1485)

[튜더 왕조]
헨리 7세
(1485~1509)

══ 엘리자베스　에드워드 5세
(1483)

아더　헨리 8세
(1509~1547)

마거릿 ══ 제임스 4세
(스코틀랜드 왕)

메리

프랜시스 ══ 헨리 그레이

제인 그레이

에드워드 6세
(1547~1553)　메리 1세
(1553~1558)　엘리자베스 1세
(1558~1603)

제임스 5세
(스코틀랜드 왕)

메리 스튜어트
(스코틀랜드 여왕)

[스튜어트 왕조]
제임스 1세
(1603~1625)

찰스 1세
(1625~1649)

영국 왕가 족보 (2)

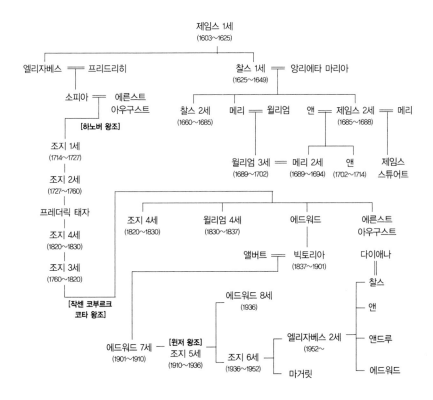